# 餓える紫狼の征服譚

ただの傭兵に過ぎない青年が持ち前の武力ひとつで
成り上がって大陸に覇を唱えるに至るまでのお話

01

尾羽内鴉

illustration Genyaky

# CONTENTS

# プロローグ

## 【東暦　一〇〇五年　三の月　一の日】

あるところに男と女がいた。男は腰に剣と刀を佩《は》いている。

黒々とした髪に幼い顔つき。しかし、その表情にはやる気が感じられず、道端の木陰《こかげ》に寝転んでいた。

女はというと、短剣を脇にほっぽり出し、女も女で木陰に座り、面倒臭そうに長い栗色の髪を弄っている。

女も男と同じようにやる気は感じられなかった。いや、やる気がないのではない。何もやることがないのだ。

「暇ねぇ」

「暇だなぁ」

会話はそこで止まった。暇なので何かするという思考には至らないようだ。

彼らは金もなければ職もない。宿もないし、その日に食べるものもないという始末である。

そろそろお金を稼がなければ。二人とも頭では理解しているのだが、いざそうなった時に行動に移せずにいた。

お金がない程度の理由では二人の心は揺さ振られないのである。なんとも楽観的な二人である。

そんな二人の前を馬が走る。一人の少女を乗せて。

乗馬に慣れていないのだろう。豪華なドレスを身に纏《まと》ったまま、馬に必死にしがみつく少女。馬に乗っているのか、それともただ運ばれているのか。一刻でも早くどこかへ遠ざかりたいのだろう。彼女から必死さを感じる二人。

それから数十秒のあと、複数の男が馬を走らせ二人の前を通り過ぎた。そして察する。この男たちは先に通った少女を追いかけているのだと。男が上半身を起こして言う。

「面白そうなことが起きてるっぽいな」

「どうやら只事《ただごと》ではなさそうね」

二人は顔を見合わせる。男がニヤリと笑うと女もそれに反応した。

男が起き上がり、すぐさま駆け出す。女は剣を担《かつ》ぎ、弓に弦を張ってから男のあとを追った。

「この道を真っ直ぐ行ったってことは、だ。丁字路《ていじろ》にぶつかるはずだ。右と左、どっちに進むと思う？」

「右だね。左は大きな石の砂利道《じゃりみち》だからね。馬に任せているのなら右の舗装されていない坂道のほうを選ぶってもんさ」

「同感だ」

彼女たちは丁字路で右の道を選ぶと二人は推測した。希望的観測である。ではなぜ右の道だと都合が良いのだろうか。

同じ道を追うにしても人間の足と馬の足とでは速度が違い過ぎる。到底追いつける速さではない。なので、近道のできる右の道を選んだと信じ向かうことにした。

馬が走っている緩やかな斜面とは違い、急斜面をひた走る二人。彼らを突き動かすものは一つ、何か面白そうなことが起きているという好奇心だ。

「どうだ、先回り、できたか？」

「さあてね、私にも、わからない、わよ」

二人とも肩で息をして手を膝に当てて屈んでいる。急斜面をダッシュしたことが相当堪えたようだ。その甲斐あってか、遠くから馬の足音が響いてきた。それを見て女が矢を番《つが》える。

「あのお嬢様に肩入れするってことでいいんだよね？」

「もちろん。強者に肩入れしたところで、なんの面白みもないだろ？」

少女をやり過ごし、後続の男どもに狙いを定める。確実に少女と男どもの距離は縮まっていた。女は隠れて矢を二本放つ。その片方が男の一人に命中した。男は力なく落馬する。

「ほら、乗って追いかけるよ」

「へいへいっと」

「いい加減、アンタも一人で馬に乗れるようになりなさいよ」

「オレの世界では馬なんかよりももっと良い乗り物があったんだよ」

「へえ。それはなんて言うんだい？」

「それはな、おん――どわっ！」

軽妙《けいみょう》な掛け合いをしながら男と女が奪った一頭の馬に乗る。どうやら男は一人で馬に乗れないようだ。しかし、一頭の馬に二人で乗っているのだ。速度は出ない。

だが、それで良かった。このまま進むと遅かれ早かれ少女は男たちに捕まるのだ。二人はそこに乱入しようという考えのようである。

「いや！　やめて！　放して！」

「うるさいっ！　大人しくしろっ！」

そして案の定、少女は捕まっていた。

男どもに囲まれ、無理やり手を引かれて拘束されそうになっている。それを見た女は静かに矢を番《つが》える。そして男にこう述べる。

「ちょっと手綱《たづな》を頼むよ」

「いや、だからオレは馬は……はぁ、わかったよ」

「ヘンなとこ触るんじゃないよ？」

女の腰に抱き着いていた男の手が手綱を握る。その手はなんだかおぼつかない。しかし、どうしていいのかわからないのだから仕方がない。そんな男をよそに女は矢を放つ。

その矢が真っ直ぐ飛んでいく。弓なりなんて言葉があるが、あれは嘘だ。

ただただ目標を目指して真っ直ぐ飛んでいった。少女の手を握っていた男の肩に当たる。そしてそのまま男と少女は落馬した。

「ちょ、おま……女の子に当たったらどうするんだ⁉」

「そんときはそんとき。あいつらのせいにしてズラかるだけさね」

少女を追っていた男どもの視線が二人に集まる。残っている男どもは四人。一人二人ずつ斃《たお》せば丸く収まる話である。

男は刀ではなく剣を抜き、そのまま男に斬り掛かった。シミターのようなやや湾曲した剣だ。

「何者だっ！」

「そんなん、どうだっていいだろ？　早くしないと大事なお姫様が目覚めて逃げちまうぞ」

男は煽る。どうやら心理戦を仕掛けているようだ。そして、その男の目論見は的中していた。

男どもは確実に焦っていた。それもそうだ。面相も割れてしまったのである。

男と女は彼らが誰か知らないのだが、男どもは面相が割れ、邪魔され、挙句の果てには少女に逃げられそうになっているのである。焦り、苛立たないわけがない。

「おいおい、心を乱したら負けだぜ。負けっていうのはな、つまりは死だ」

男は相手の剣をはじくと返す刀、いや返す剣で脇腹を切り裂く。そしてもう一人、上段から斬り掛かってくる男を乱暴にヤクザキックの要領で蹴り飛ばした。

「おーい、そっちは大丈夫か？」

男は女に声をかける。その女はというと既に一人を弓矢で射殺していた。そしてその弓矢を捨て、距離を詰めてきたもう一人の男に対し、短剣を振るう。

男は大丈夫そうだと判断し、自分の相対している相手に集中する。

片方は奇襲で斃《たお》した。もう一人は実力で斃さなければならないのだ。肩の力を抜いて相手の出方を窺う。狙うは後《ご》の先《せん》だ。

先程も述べた通り、時間的優位は男にある。痺れを切らした相手が男に斬り掛かってきた。バックステップで軽やかに躱《かわ》す男。彼我《ひが》の間合いをしっかりと把握している。

そしてそのまま一閃《いっせん》。相手は腕を切り落とされ、呻《うめ》き声を上げながら倒れこんでしまった。

これで勝敗は明確である。女も相手を突き殺し、死体となった男どもの懐から財布やら貴金属やらを取り出していた。

「さてと、まずはお姫様を起こすとするか」

男は少女に近寄る。そして頬を何度か叩き、少女の覚醒を促した。まつ毛が長く顔が小さい。百人いたら百二十人が美人だと答えるだろう。好みかどうかは置いておくとして。

「……んっ」

少女の目が開く。そして男と目が合った。その瞬間、少女が激しく暴れ始めた。どうやら捕まったと錯覚を起こしているようであった。

「いやっ！　放してぇ！」

「落ち着けって！　べつに取って食ったりはしねぇよ。むしろ助けてやったんだぜ？」

男が少女を手放す。動転している少女を落ち着かせようと必死だ。

少女はというと、男と女が手を出してこないことを確認してから、今自分のおかれている状況を把握することに努めた。

「どうだ。現状を理解したか？」

「……は、はい。どうやらお助けいただいたようですね。ありがとうございます。御礼を申し上げます。しかし、なぜ私を助けてくださったのでしょうか？」

少女は顔を青くしながらも尤《もっと》もな質問を男に投げかけた。どうやら人の生き死にに、慣れていないらしい。そして男も男で本心を包み隠さずに述べる。

「助けた時の見返りが大きそうだからだ」

優勢や勝勢の陣営に与しても褒美は多くない。しかし、劣勢や敗勢の陣営に与し、そこから逆転劇をしたらどうだろうか。褒美は多くなるものである。

それに彼女の身なりがいかにも令嬢ですと雄弁《ゆうべん》に語っているのだ。追われている。助け出す。褒美をもらう。これは男の頭の中で必然の流れとして組み上がっていた。

「そ、そうですか。あなたたちの助力には感謝しております。しかし、今の私に差し出せるものはそう多くはありません」

「それはわかっている。どうすればオレが十分な報酬をもらえるんだ？」

今ここで寄越せ、いや無い袖は振れない、いいから寄越せと押し問答をしても時間の無駄である。それであれば、彼女が褒美を用意できる環境を整えるのが先だと男は考えたのだ。

「私を最寄りの街まで護衛していただきたいのです。無事に屋敷まで帰れましたら御礼は望むままに。どうか」

頭を深く下げる少女。男はその少女の肩を叩き、二つ返事で承諾した。悪くない条件である。そして何よりもワクワクする。それが彼を突き動かしていた。

「契約成立だ。オレの名は紫苑《しおん》。千住渡《せんじゅわたり》紫苑だ。まあ気軽に紫苑と呼んでくれ」

「わかりました、シオンさま。私は……」

少女の言葉が詰まる。どうやら名乗るべきかどうなのか悩んでいるようだ。それだけやんごとなき家柄の少女なのだろう。しかし、意を決して口を開いた。

「私はロメリア＝デュ＝シュティと申します」

ロメリアが意を決して告げた名前なのだが、紫苑にはその名がピンときていなかった。彼女の名前に反応したのは割って入った紫苑の女房役であるアンバーであった。

「アンタ、デュ＝シュティっていったらシュティ大公家の身内ってことじゃないか！」

そう言われても紫苑にはピンときていなかった。大公というのだから偉いのだろう。それくらいにしか思っていなかったのである。

だが、実際は大公家は代々、帝国の摂政《せっしょう》もしくは宰相《さいしょう》およびそれらに準ずる要職を司る家系である。

そして、現在の当主は齢七十を過ぎており、子は早世してしまっている。残されたのは孫娘のロメリアだけなのだ。その重大さを紫苑は理解していないのである。

対してアンバーは感じていた。この問題に首を突っ込み過ぎると、それこそ突っ込んだ首が胴体から離れてしまう。そんな予感を。アンバーは紫苑を呼び寄せる。

「本当にあのお嬢ちゃんを街まで送るのかい？」

「乗りかかった船じゃないか。このままだと骨折り損のくたびれ儲けだぞ」

「何言ってるかわからないけど、逃げるなら今のうちだよ。そしてアタシは逃げる」

紫苑とアンバーはロメリアの手助けをしてしまった。敵対した人間を殺めてしまっているのだ。逃げるのであれば、今である。アンバーはそう言いたいのだ。

「こんなチャンス、滅多にないぞ？」

「だったら一人でがんばるんだね」

紫苑はロメリアに協力する。アンバーはロメリアに協力しない。二人はここで袂《たもと》を分かつことにした。

元々は偶々一緒に行動していただけだ。利害が一致しないのであれば別れる。所詮はビジネスの関係なのだ。

「こいつらの金は山分けってことで。じゃ、アタシはここまでだ」

「おう、今までありがとな」

なんともあっさりした別れである。紫苑は表情を変えず、死体にある金目の物を漁っていた。そして貴金属の類を懐にしまってロメリアのもとへ戻ってきた。

「さ、街に向かうか」

ホクホク顔で先導する紫苑。この出会いが紫苑とロメリアの運命を大きく変えることになるとは、二人ともが想像していなかったのである。

「っと、街に向かうその前に。お、いたいた」

紫苑は生き残っている追手に対し、こう述べる。ただ、追手は腕を切断され、今にも出血多量で死にそうであった。そんな追手に対し、紫苑はこう述べた。

「ここから最寄りの街はどこだ？」

もちろん、こんなことを聞いても追手は答えないだろう。そのことは紫苑も重々承知していた。なので、追手にこう告げる。

「道を教えてくれたらお前を助けてやる。お前を街まで連れてってやるよ」

賢い提案だろう。生き延びるための希望をちらつかせるのだ。そして耳元でさらに男を誘惑するよう追撃をする紫苑。

ロメリアが匿ってくれるだの、雇い主から逃げるだけのお金を与えて解放するだの、あることないことを吹きこんだ。

「こ、この場所から北上したところに街があったはずだ。ローラルナの街だったと思う。そう小さな街ではないはずだ」

「そうか。じゃあ行こう」

紫苑は男を馬に乗せる。ロメリアも自分の白馬に跨った。そして追手の馬も引き連れながらローラルナの街を目指して馬を走らせた。

幸いなのは馬が余っているため、馬を交換しながら走らせることができることだ。

人を乗せている馬と人を乗せていない馬ならば前者のほうが疲れるのは当たり前である。バテた馬と元気な馬を交換しながらローラルナの街を目指した。

もちろん紫苑は馬を操れない。紫苑が乗っている馬はただロメリアの牝馬を追っているだけである。

ロメリアが拙《つたな》い乗馬術でなんとか先導している形だ。

そうして馬を走らせること数時間。辺りが茜色に染まり始めていた。

しかし、ロメリアに野宿はさせられない。紫苑はそう考える。となると、泊まれそうな小さな村を探すか、もしくはローラルナの街まで走り抜けるしか選択肢はないのである。

日が落ちれば他の夜盗に襲われる確率も高くなる。ただでさえ追われている身なのだ。追手のことも考えると確実に襲われると言っても過言ではないだろう。

「少しキツいかもしれんが、このまま走り続けるぞ。悪くないペースで進めている。このまま行けば日没までにはローラルナの街に到着できる、と思う」

「は、はい」

そう言ってロメリアを安堵させる。本当に日没までに到着できるかは知らない。だが、彼女を徒《いたずら》に不安にさせる必要はないだろう
仕方のないことである。出血が酷過ぎる。顔が青白くなっていた。もう駄目かもしれない。紫苑はそう思っていた。ただ、自業自得だとも思っている。

意外と馬に乗るのも体力が要るのだ。鐙《あぶみ》がなければ落ちないように太ももで踏ん張らなければならない。振動も大きい。瀕死の彼がその衝撃に耐えられるかは、彼次第だ。

走ることさらに数時間。陽は地平線の向こうに隠れ、夕闇が襲い掛かってきた。そのときである。

遠くに明かりが見えたのは。

紫苑は思わず追手の男に声をかける。しかし、返事がない。どうやら事切れてしまったようだ。

「間に合わなかったか」

紫苑は一人呟く。こうなってしまった以上、抱えていても仕方がない。紫苑は男を道端に放り出した。しかし、そうなると困ったことが発生する。紫苑は馬を操れないのだ。

もう街が目と鼻の先だというのに、馬を思うように操れない。

紫苑は恥を忍んでロメリアに馬の簡単な操作方法を即席で習うことにした。そう、最低限の扱い方がわかればいいのだ。ここで、今までアンバーに言われていたのに、馬術をサボってきたツケが紫苑に回ってきた。

「ふふっ」

ロメリアが笑う。

「何がおかしい？」

「いや、あなたが乗馬ができないというのが意外で面白くって。あ、気に障ったのならごめんなさい」

ロメリアが謝罪する。今、ロメリアが頼れるのは紫苑だけなのだ。

紫苑の気が変わったらロメリアなぞ、先ほどの男性のようにポイと捨てられてしまうだろう。その危機感は持っていた。

「べつに、構やしないさ。事実だからな。できないことはできないと言う。それがオレの信念だ」

恥ずかしげもなく述べる紫苑。むしろ、どこか誇ってすらいそうな表情であった。そうしてなんとかローラルナの街に到着した二人。

しかし、門はすでに閉まっている。困るロメリア。だが、そこは紫苑。彼は彼女の力を使って門内に悠々《ゆうゆう》と入ることを画策《かくさく》していた。ロメリアは大公令嬢なのだ。

「誰かいないか？」

「なんだ。もう門は閉まっているぞ」

「急ぎの知らせだ。これを見てくれ」

もし、職務に忠実な門番がいれば彼女の開門要請は一蹴されていただろう。そして、その門番は昇進していたはずだ。

しかし、ローラルナの街にはそんな胆力のある門番はいなかった。

彼女が少しでも世間の荒波に飲まれていたのならば紫苑に攫《さら》われたと門番に言い放ち、彼を牢に閉じ込めて悠々と城に戻っていただろう。

しかし、ロメリアは箱入り娘で蝶よ花よと育てられてきたのである。そのようなことを思いつく余地などなかった。

悪いことを思いつくのはロメリアではなく、紫苑である。ロメリアにそっと耳打ちする。

「何か大公家の者だと証明する物はあるか？」

「それでしたらこの指輪が」

「いいか、降りてきた門番に指輪を見せろ」

紫苑の言う通り、ロメリアは指輪を見せた。彼女の手を取りまじまじと指輪を見る門番。そして驚く。

「し、失礼致しました！　こちらへどうぞ！」

ロメリアが見せた指輪は多数の宝石が散りばめられ、緻密《ちみつ》に作られている。

その指輪は誰が見ても高価な代物であるのが理解できるだろう。大公の紋も彫られている。

門番は拒否することも考えた。しかし、紫苑の悪魔のような一言で思考を放棄してしまう。紫苑は
なんと言ったのか。それは容易に想像がつくだろう。

「彼女は本物の公爵令嬢ですよ。もし、そんな彼女の入場を拒否し、野営なんてさせた日には……。

あなたの首と胴が繋がっていることをお祈りします。あ、手も握ってましたね」

門番に案内され、開門された僅かな隙間から街の中に入り込む。

やることは二つ。お金の確保と寝床の確保だ。

とくに馬が邪魔である。紫苑はこれを売り払いたいと思っていた。なので門番に尋ねる。

「なあ、この馬を買い取ってほしいんだが、なんとかならないか？」

買い取ってくれる場所を教えてほしい。あくまで紫苑はそう伝えたつもりであった。

しかし、極度に緊張した門番は自分たちに買い取ってほしいと懇願《こんがん》されたと誤解して責任者のもと
へ駆け出す。

街の衛兵たちにとっても馬はなんぼあっても良いものである。提案は渡りに船であった。問題は価
格が予算内に収まるかどうか、という点だけだ。

さらに滑稽なことに、大公令嬢から買い取ってほしいとの御達しがあったとも伝わっていた。そこ
まで言われたのならば、買い取らないわけにはいかない。

結局、門を守る責任者は相場よりもやや高い金額で馬を買い取ったのであった。最後に「ご当主様には何卒よろしくお伝えくださいますよう、お願い申し上げます」とロメリアに告げて。

彼女は元気良く「はい！」と応えた。言葉の真意を理解できていないようだ。

代金を受け取り、懐を潤《うるお》した紫苑。夜明け前には一文無しだったのに対し、夜が更けた今となっては追手から奪ったお金に馬の代金、そして懐に温めてある貴金属と懐が重く感じるほどであった。

「で、街に来たはいいがどうするんだ？」

「……祖父と連絡をとりたいです」

「どうやって？」

「……それが思い浮かびません」

ロメリアが考えなしに迂闊《うかつ》に街の権力者に会うなどと口にしていた日には、紫苑は全力で制止していただろう。

誰が味方で誰が敵なのか定かではないのだ。その中で追われている人物がここにいますと宣伝するなど、バカげている。

「まずは宿に入ろう。疲れた。考えごとは眠ってからだな」

「はい。私も疲れました」

紫苑とロメリアは街の大通りを闊歩《かっぽ》する。家々からは光が漏れていた。おそらくは酒場だろう。陽気な男の声も聞こえてくる。

紫苑は手近にあった露店を覆っている布を無断で掻っ払い、それをロメリアに被せる。彼女の素性が少しでもバレないように。

ロメリアは紫苑の意図を察し「すみません」とだけ呟いた。その言葉が紫苑になのか、あるいは露店の店主に向けられたのかは定かではない。

慣れない街を二人で歩く。どこに宿があるのかもわからず、闇雲に歩いていた。

いよいよ極まった紫苑。目に入った居酒屋に入らないかとロメリアに提案した。二つ返事で承諾するロメリア。彼女も限界だったのである。

紫苑とロメリアがベルを鳴らして居酒屋の戸を開ける。紫苑は彼女に配慮して、できる限り寂れた店を選ぶことにした。そして席について注文する。

「適当に食べ物と飲み物を二人前頼む。お代はこれで」

「この額に収まる範囲で持ってくればいいんだね。ちょっと待ってな！」

紫苑は気の良さそうな女将に銀貨を二枚手渡した。やっと椅子に腰を下ろせる。思わずほぅと溜息が出てしまった。

ロメリアも疲れていたのだろう。今だけは安堵の表情を浮かべていた。

「さて、落ち着いたことだし話せるところまでは話してもらいたいものなんだがな」

紫苑が切り出す。もちろん、彼もここで全てを話せと言ってるわけではない。どこに人の目が、人の耳があるのか重々《じゅうじゅう》承知している。

だが時間は有限だ。今のうちに情報は整理しておきたいのである。

「あいつらに心当たりは？」

「……ありません」

そう答えるロメリア。それならば生き残った男から情報を聞き出しておくんだった。紫苑は後悔する。しかし、後悔したところで結果が変わるわけではない。すぐに切り替えていく。

「となると、純粋に身代金目的か。それとも政争の道具にされているか。あるいはその両方か」

「どうでしょう」

紫苑はそんなことを述べているが、ロメリアはなぜ襲われたのかを薄々感じ取っていた。彼女は婚約が決まっているのである。相手は皇帝の息子。つまりは皇子《おうじ》である。

では、彼女が妃《きさき》になるのかというと答えはノーだ。彼女は皇子を婿養子《むこようし》として迎え入れるのである。

しかし、これが問題なのだ。誰を旦那に迎え入れるのか。どの派閥の皇子を旦那にするのか。彼女の夫になるということは後継者争いから降りることになる。

皇子は三人居る。しかし、その三人とも母親が異なっているのだ。どうだ、この派閥争い。拗《こじ》れる匂いしかしないだろう。

相手は大公の孫娘である。つまり、将来的には大公の地位を継ぐことができるのだ。逆に言うと皇帝の座に就《つ》くことはできない。

そして一番厄介なのは皇太子《こうたいし》が決まっていないことである。つまり、三人の皇子は皇帝を目指すのか、それとも大公を目指すのか、はたまた違う選択肢を選ぶのかを考えなくてはならないのだ。いや、考えているのは後ろに控えている大人たちだろう。

ロメリアはそのことを考えると溜息しか出てこない。そして出そうになる溜息を慌てて飲み込んだ。

視線を紫苑に移す。彼はじっとロメリアを見ていた。

「ま、いいさ。オレは貰えるもんを貰ってずらかるだけだからな。さ、飯にしようぜ」

「あいよ、お待ち！」

そう言って屈託のない笑顔で運ばれてきた夕飯に齧りつく紫苑。野菜ばかりのシチューに固い黒パン。それから味が薄いわりに酸味が強く、アルコールの弱いワインが運ばれてきていた。庶民の夕食などこんなものである。

紫苑は嬉々《きき》とした表情で、ロメリアは眉間に皺《しわ》をつくりながら運ばれてきた晩餐《ばんさん》を胃の中に収めた。

しかし、旅行の鉄則は飯より宿である。でなければ道端で野宿する羽目になるのだ。

紫苑もテレビ番組でそう叫んでいる人がいるのをうっすらと覚えていた。なので、夕飯を腹の中に収めつつも宿のことを常に考えていた。

困った紫苑は現地のことは現地の人に尋ねるのが一番早いと考えた。そして女将を捕まえて尋ねる。どこかに良い宿はないかと。女将は紫苑とロメリアを交互に見てからこう述べた。

「うちの二階も宿だよ。アンタたちにはおあつらえ向きのね。安くしとくよ」

そう言って手を差し出す女将。それならばと紫苑はその手に硬貨を乗せた。これで契約は成立である。二人揃って夕飯を平らげたあと、女将から鍵を受け取り階上へ向かう。

鍵には二〇五の文字が刻まれていた。対応する扉を探す。そして中に入り、驚いた。紫苑は一目で理解した。この宿はカップルがそれ用に使用するための宿だったのだ。

だから女将は紫苑とロメリアを交互に見ていたのだ。いらぬお節介というやつだろう。ベッドは一つ。そして身体を清めるための大きな桶にはすでに湯が張ってあった。

「あー、その、なんだ。お前はベッドで寝ろ。オレは床で寝るから」

「なぜです？　今はそういうことを言っていられる状況ではないと理解しております。気にせず半分ずつ使いましょう」

「いや、そうじゃないんだが……」

ロメリアは頭に疑問符を浮かべている。しかし、柔らかい言葉を使って説明するのも難しいと判断した紫苑は説得するのを諦めた。

考えるのを放棄した紫苑はその場で服を脱ぎ散らかし、下着姿になった。ベッドの上から毛布を一枚剥ぎ取り、それに包まって床に寝転ぶ。

明らかにロメリアは狼狽《ろうばい》している。見ず知らずの男性が下着姿になったかと思ったら毛布に包まって床で眠ってしまったのだから。

ロメリアは悩んだ挙句、紫苑が見ていないのを確認してから衣服を脱ぎ、お湯で身を清めてからベッドの中に潜《もぐ》り込んだのであった。

## 第一章

### 【東暦　一〇〇五年　三の月　二の日】

翌朝、目が覚めた紫苑は下半身の衣類だけ身に纏い、宿の裏に出た。そこで日課となっている朝の稽古で汗を流す。素振りを丁寧に続けるだけでも練度は意外と落ちないものだ。

素振りほど、型ほど重要な稽古はない。紫苑はそう思いながら丁寧に一つ一つ、ゆっくりと型をなぞる。素早くやるよりもこちらのほうが難しい。

そして稽古終わりに井戸から水を汲み、その汗を流し落とすかのように水を被った。冷たい水が火照った身体に心地良い。

そして思考を鮮明にする。どうにかしてロメリアを家族と引き合わせなければ報酬はなしだ。それだけは避けたい。

そこで、紫苑はある一つの作戦を実行することにした。宿に戻る前に大通りを巡る。

「ああ、起きていたのか。おはよう」

「おはよう、ございます」

まだ夢見心地といった表情だが、ロメリアは起きていた。しかし、煽情的《せんじょうてき》な格好であったがために紫苑は手に持っていた服をロメリアに渡した。一般的な麻《あさ》の服である。

ロメリアが昨日身に着けていたドレスのまま出歩いているところを想像してほしい。いかにもなお嬢様だ。捕まえて身代金を要求してくださいと言っているようなものである。

ロメリアがまだ覚醒しきれていないので、紫苑は階下に行き、簡単な二人分の朝食を手にして部屋に戻ってきた。ロメリアのコップに冷えた井戸水を注いでいく。

紫苑はロメリアと朝食を食べ進めながら今後の予定について話し合う。そこで紫苑は今日の朝に思いついた考えをロメリアに提案することにした。

「結論から言おう。ロメリア、君は誘拐されたことにする」

「はぁ」

「そしてロメリアの身内をここに呼び出す。ロメリアと引き合わせる。完璧だ」

「それは……素晴らしいです！」

ロメリアは紫苑の提案に賛成の意を示した。紫苑としては「それだけじゃわからねぇよ！」というツッコミ待ちだったのだが、ロメリアはそれに気がつかず称賛の声を上げる。

紫苑は咳払いをして切り替えた。

しかし、シュティ大公家から人が出てきた場合、うまくいくかもしれないが、そもそもの話、シュティ大公家まで話が通るかが問題である。

大公家の令嬢が誘拐されたのである。護衛の責任問題だ。シュティ大公家にとっては汚点になる。内々に解決したいに違いない。しかし、事ここに至っては大公本人の耳に話が届いていないわけがない。

今のところ、これしか方法がない。というよりもこれ以外の方法を思いつかない。なので、この作戦を実行する。だが、ここで問題が浮上する。それは何か。

ロメリアを紫苑が預かっているという証拠を提出しなければならないのだ。そこで、彼女が身に着けている貴重品を提供してもらうことにした。

「このイヤリングとペンダントをお渡ししておきます」

「わかった。じゃあ、この部屋で大人しくしていてくれよ」

紫苑はイヤリングとペンダントを握りしめ、紫苑は咳払いをして喉の調子を整えてから領主の館に向かう。それも全速力で。

そして領主の館の前に直立している衛兵に対し、駆け寄ってこう述べた。

「た、助けてください！　お嬢様が、お嬢様がっ！」

紫苑は泣きながら衛兵に詰め寄った。このくらいの腹芸であればお手のものである。傭兵としてこの世界の荒波に揉まれてきたのだ。むしろ、それくらいできなきゃ生きられない。

「どうした⁉　一度落ち着きたまえ」

紫苑は衛兵に対し、シュティ大公家の令嬢が誘拐されたことを告げた。その証拠にとペンダントを衛兵に手渡す。

明らかに高価で、さらにペンダントにデュ＝シュティと彫ってあるのだ。疑いようがない。

そこからは上を下への大騒ぎであった。なにせ大公家の令嬢が誘拐されたのだから。そうこうしているうちに紫苑の前に偉そうな男性が一人。初老で威厳のある男性だ。

「其方《そなた》が令嬢の誘拐を知らせてくれたのかね？」

「はい。そうです」

「詳しく話を聞かせてもらおうか」

「それは……できません」

「なんだと？」

男性の鋭い眼光が紫苑を射貫《いぬ》く。しかし、紫苑は怯えたふりをするだけで内心は飄々《ひょうひょう》としていた。

そして男性に対し、こう述べる。

「詳しくはシュティ大公家の方に。そうしろと盗賊が……。でなければお嬢様が。お嬢様がぁぁっ！」

わざとらしく泣き喚《わめ》く。これには初老の男性も困りに困ってしまった。このまま強引に訳を聞き出すか。しかし、それがバレて令嬢が殺されてしまったらば自身の胴と首が離れることになってしまう。

男性はそのリスクを負うことができなかった。なので、紫苑に言われた通り、シュティ大公家の人間を呼び出すしか方法はなかったのである。

今日はこれにてお開きとなった。そして四日後に再び領主の館にて落ち合う約束をして。三日では短いかもしれないが、大事なご令嬢の命が掛かっているのだ。命を掛けて間に合わせるだろう。

四日後なのはシュティ大公家の人物を呼び出すためだ。流石に当主ではないだろうが家令か執事か。どちらにせよお偉方が来るだろう。

距離はというと、遅くとも三日もあればこの町から帝都まで往復できる。手を変え品を変え馬を替えて必ずや期日までにやってくるだろう。紫苑はにやりと笑うのであった。

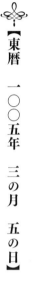

## 【東暦　一〇〇五年　三の月　五の日】

ロメリアを迎えに公爵家から人が来るまで紫苑は悠々自適《ゆうゆうじてき》に暮らしていた。

といっても街の責任者に訝しまれているのか尾行を付けられていたので、撒きながらローラルナの街を堪能していた。

ロメリアを襲っていた追手たちから奪った貴金属も売り払って換金していた。一方のロメリアはというとずっと軟禁状態である。

そして三日後、紫苑は予定通りに領主の館へと向かった。そこに居たのは白髪と白髭を綺麗に整えた気品のある老人とポニーテールで吊り目の女性であった。

一目でわかる。女性は強い、と。紫苑は自身と同等の実力者だと判断していた。おそらくはシュティ大公家の衛兵長かロメリアの護衛か。あるいはその両方か。ただ、負ける気はない。

「お名前をお伺いしても？」

「私はロメリア様の護衛長であるグレンダである。さっさとお嬢様のもとへ案内しろ」

答えたのは女性のほうだけであった。そして紫苑を急かす。

しかし、紫苑は動じない。ここで紫苑を殺したら二度とロメリアには会えなくなるのだ。殺せるわけがない。

「申し訳ございません、グレンダ様。明日の朝、日の出とともに街の入口にて待ち合わせをと卑劣な夜盗から伺っております。解放の条件もその時に話すと。どうか、その指示にお従いください」

そう言われてしまったらグレンダとて引き下がるしかない。彼に詰め寄っても詮無きことだからである。苛立ちを露にしながらも、わかったと一言呟いて紫苑を解放する。

そして紫苑が帰る。後ろに二人の尾行。紫苑は人混みに紛れて尾行を撒く。しかし一度、尾行を撒いている。前回よりも尾行を撒くのは難しくなっているだろう。

大通りから細い道に入り、また大通りに出る。そして酒場に入ってすぐ出る。突然走り出し、角を曲がったところで隠れる。そんなことをして、なんとか尾行を撒くことに成功した。

あからさま過ぎだが、紫苑は知らぬ存ぜぬで通そうとしていた。逆に何故自分を尾行するのか、それを問い質そうと思っていたのである。

宿に戻る。そこには美しい町娘に扮装したロメリアが暇そうに外をじっと眺めていた。扉が軋む音で紫苑が帰ってきたと判断したロメリアが子犬のように扉に駆け寄った。

「おかえりなさい。今日は遅かったですね」

「ああ、悪かった。ロメリアのお迎えが来たから会ってきたんだ」

「ホントですか!?」

ロメリアが前のめりになる。彼女にとっては嬉しい知らせだ。紫苑は椅子に腰を落ち着かせ、彼女に今日あった出来事を詳しく説明する。

「グレンダという女性と髪も髭も綺麗に整えた白髪の老人が来ていた。心当たりあるか？」

「グレンダは私の姉みたいな存在です！　彼女ならば信頼できます！　もう一人は執事のレノールだ

と思います！」

息を巻いて紫苑に説明するロメリア。ロメリアと紫苑の距離が近い。紫苑はロメリアを落ち着かせる。

それならばと紫苑はグレンダに全てを包み隠さず話す方向で計画の完遂を狙うことにした。

◇◇◇

翌朝、紫苑は日の出よりも早く街の門の前に待機していた。紫苑は十分ほど待っていただろうか。グレンダが昨日よりも厳しい目つきで紫苑を睨みながら近づいてきた。

「案内します」

紫苑が手短に言う。グレンダは頷くばかりだ。そして二人で門を抜け、そのまま直進して紫苑が原っぱの真ん中で立ち止まる。そして周囲の気配を探る。ここならば安心して内緒話ができる。

紫苑は口元を布で覆った。口の動きを悟られないためである。それはさながらギャングのようであった。どこで誰に見られているかわからない。念には念を、である。

「どうした？」

「今から言うことに対し、驚かずに静かに聞いてください。理解したならばゆっくりと首肯を」

紫苑の雰囲気が変化した。グレンダはそれを敏感に感じ取って静かに頷く。それを確認してから紫苑は歩き出し、そして静かに話し始めた。

「ロメリアお嬢様は私が保護しています。四、五名の男どもに追われていました。今は安全な場所で待機していただいております。ロメリアお嬢様に確認すると、グレンダは信頼のおける人物、彼女に任せなさいとのことでした。私には誰が敵で誰が味方かわかりません。ご指示を」

グレンダも最初は驚いていたが、しかし、直ぐに理解し納得した。彼女もロメリアが狙われていることを理解していたからである。紫苑の横に並ぶグレンダ。

「まずはお嬢様の保護、感謝する。お嬢様を狙った不届き者は？」

「全員この世にはおりません」

その一言ですべて理解するグレンダ。首謀者を吐かせたかったという思いもあるが、ロメリアの安全には変えられない。

頭を切り替え、ロメリアをどうやって安全に屋敷へ連れ戻すかを考える。

道中が安全とは限らない。そして誰が味方かもわからないのだ。紫苑は誰が敵で誰が味方かわからないと話したが、グレンダもまた、わかっていないのである。

「お嬢様に会うことは？」

「可能です。ただ、その場合は居場所を公開すると同義になりますがよろしいですか？」

遠回しに危ないぞと警告する紫苑。その言葉を受けてグレンダは考えを改めた。だがしかし、どうすればロメリアを救えるのか、妙案が浮かばない。

「一つ、よろしいですか？」

「なんだ？」

「考えがあります」

「聞こう」

紫苑は自身の考えを述べた。それはこうだ。まず、グレンダには馬車と御者を用意してもらう。そしてロメリアを誘拐した夜盗に支払うためという名目で馬車に荷を積む。

その荷の中にロメリアを紛れ込ませるという考えだ。ロメリアを大樽の中に入れて馬車に積もうと考えたのである。

あとは移動の最中に安全な場所でロメリアに出てきてもらえば彼女をグレンダに引き合わせることができる。

「悪くない案だ」

「では、夜盗から金銀財宝と食糧を要求された。その線で用意をお願いいたします。私は食糧を用意いたしましょう。その中にお嬢様を紛れ込ませます」

「わかった」

そこから細かい打ち合わせをして適当に歩いてから街に戻る。その最中、紫苑はグレンダに手を差し出した。グレンダは紫苑に尋ねる。

「なんだ?」

「食糧を買い込むお金を」

笑顔で金銭を要求する紫苑。使ってしまうお金とは言え、大金を恵んでもらうのは気持ちが良い。

グレンダは必要経費だと割り切って紫苑に金貨を二枚手渡した。

金貨一枚を現代日本の金銭感覚に相当させるとおよそ十万円である。二十万もあれば、二樽は買える計算になる。麦の相場に関して言うと一樽一金貨なのだ。

「ではまた、明日の夜明け前に」

「承知した。お嬢様をよろしく頼む」

お互いに作業内容などを確認し紫苑とグレンダは別れたのであった。

紫苑とグレンダが別れる。さて、ここからはお互いに準備の時間だ。紫苑は食糧を確保しなければならない。そしてそれを拠点としている宿に置かせてもらわなければならないのだ。

まずは宿兼酒場の女将に訳を話してみる。すると女将はお金さえくれるのならば今日中に用意するというではないか。本来ならば麦の質に不安を覚えてしまうところだが、今回は麦の品質などどうでもよいことである。

紫苑はその提案に一も二もなく飛びついた。これで紫苑の準備は終わりである。極論、大きな樽さえ手に入ればよいのだから。あとは果報を寝て待つだけである。

「ロメリア、喜べ。明日の朝にグレンダが迎えに来る手はずになってるぞ」

「本当ですか⁉」

満面の笑みを浮かべるロメリア。紫苑は浮かれる彼女に対し、二つの釘を刺す。

一つ目はまだグレンダに会えていないのだから油断はしないようにと。念には念を入れて明日の予定を綿密に話すことにした。

二つ目は報酬の件だ。ロメリアをグレンダに引き渡した時点で紫苑の任務は完了になる。約束通り、報酬をたんまりと貰う権利が紫苑にはあるのだ。ロメリアは紫苑が望む礼をすると約束している。

「それはもちろんです！　シュティの名に懸けて約束しましょう。紫苑様は何を望まれますか？」

「そうだなぁ。やっぱりお金かなぁ。一生遊んで暮らせるだけの金、大金貨を一万枚ぐらいパーッと貰いたいもんだよ」

大金貨を一万枚と言えば日本円にして百億円である。遊んで暮らせるというレベルのお金ではない。

しかし、二つ返事で承諾してしまうロメリア。世間知らずもいいところである。もちろん大公の家だ。払えないわけではないが、家計が傾くのは必至である。

「わかりました！　シュティの名に懸けて用意しましょう！」

ロメリアはふんふんと鼻から息を吐き出して息巻いていた。紫苑はそれが空回りしないことを祈りながら翌日に備えるだけであった。

## 【東暦　一〇〇五年　三の月　六の日】

さて、その運命の翌日である。紫苑は夜明け前に階下に降りて女将が麦を仕入れたか確認を行った。結果、問題は何もなかった。きちんと大樽が二つ、宿兼酒場の裏手に鎮座していた。

次に行うことは荷物を纏めることだ。水浴びをして身体を清めてから刀と剣をそれぞれ腰から下げた。

背負いカバンに荷物を詰める。貴金属を売り払って膨れた財布に水筒。それからロメリアの衣服や貴重品なんかも詰める。

そして大樽の中身を一心不乱に掻き出す。麦を他の袋に詰め替える作業を黙々と行った。そして人一人が余裕で入れるスペースを確保し、汗を拭う。これで下準備は完璧だ。

眠っているロメリアを布で包み、起こさぬよう、そして見つからないよう静かに外に運び出すと、周囲を警戒しながら大樽の中に彼女を沈めた。呼吸はできているはずである。

そして待つ。ただひたすらに待つ。ロメリアは起きないしグレンダは来ない。何かトラブルが発生したのだろうか。とはいえ、彼にできることは待つことのみである。

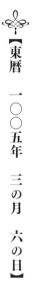

一時間ほど待ったところでグレンダがやってきた。御者席に乗って二頭の馬を操っている。馬車には幌がかけられていて、中が見えない仕様だ。

そしてその幌馬車が良い感じに古くボロボロになっている。まさかこの幌馬車に大公令嬢が乗っているとは思わないだろう。グレンダも知恵を絞ってきたようだ。

グレンダが幌馬車から降りて紫苑に正対する。紫苑は脇にある大樽の蓋を開けた。彼女が覗き込む。そこにいるのはすやすやと寝息を立てているロメリアだ。紫苑への首肯をもって回答とした。

「丁重に運ぶぞ」

御者が降りてくる。紫苑が幌馬車に乗り込もうとしたところ、グレンダに呼び止められた。紫苑はなんだろうと頭に疑問符を浮かべたままグレンダに近づいた。

「何をボーっとしている。この樽を運ぶぞ。そっちを持て」

「な、オレもかよ」

思わず素が出てしまった紫苑。グレンダは意に介さず、紫苑に指示を出していく。

「当たり前だ」

「その代わり報酬は弾んでくれよ」

大金貨一万枚。日本円にして百億を搾り取ろうというのに、さらに報酬を弾めと催促する紫苑。面の皮が厚いというか、豪胆である。

三人がかりで大樽を持ち上げる。むしろ、よく三人で持ち上がったなと褒めたいくらいだ。中身がスカスカとはいえ、人間一人が入っているのだ。樽の重さも加味して百キロはあっただろう。

それを丁寧に幌馬車に積む。もう一つの樽は板を立てた幌馬車の中に雑に転がし入れた。要人が入っていないとわかれば樽の扱いなど、こんなものだ。

だから幌馬車が傷ついているのだろう。紫苑も幌馬車に乗り込む。グレンダは御者台に乗った。馬に鞭を入れる。

「それで、どこに向かうんだ？」

「決まっている。このまま帰るのだ。それよりも場所を代われ。お嬢様を起こさなければ」

紫苑が断るよりも早くグレンダが彼の手に銀貨を握らせた。どうやらグレンダは金で動く人間の動かし方を心得ているようだ。

彼女もそのほうがわかりやすくて助かるだろう。紫苑は不承不承ながらも御者台に座る。

「悪いな、邪魔するよ」

「お気になさらず。あっしは雇われの身でさぁ」

幌馬車の中からグレンダの声が聞こえる。どうやらロメリアに呼び掛けて起こしているようだ。紫苑は御者台に座っているもう一人の男から馬の扱い方を習っていた。

「んんっ、あれ。グレンダ？」

ロメリアが寝ぼけ眼でグレンダを見つける。グレンダはロメリアを大樽から出して抱きついた。

ロメリアも段々と覚醒してきたのだろう。自分のおかれた境遇を理解し、グレンダを強く抱きしめた。

「グレンダ！　心配かけてごめんね」

「何を仰います。このグレンダ、一生の不覚にございます。ああ、このようなお召し物を身に纏ってお労しい」

「私も反省しています。ところでレノールも来ていると伺っていたんですけど」

「レノールは現地に残り、後処理をしております。我らだけで先に帰りましょう」

紫苑の後ろでは感動の再会が行われていた。どんな人間でも良いことをしたら気持ちが良いものである。これで紫苑の役目は終わった。あとは報酬を受け取るだけだ。

「感動の再会の最中、悪いんだがオレの役目は終わりでいいな？」

「ああ、構わん。さっさと去れ」

紫苑の問いに答えたのはグレンダである。彼女は彼を用済みとばかりに邪険に扱い始めた。

流石の紫苑もこの言い草には思うところがあった。気を悪くしながらも仕事は仕事だ。報酬を受け取って立ち去ろうと心に決めた紫苑。

「そうかい。じゃあ、お嬢ちゃん。今すぐ契約のお金を払ってもらおうか」

「それは……ごめんなさい。自宅に帰るまで待ってもらえませんか？」

「お嬢様、お待ちください。契約とは、お金とはなんのことでしょうか？」

口を挟んでくるグレンダを無視して話を進める紫苑。もうグレンダとは口も利きたくない。彼の胸中はそんな気持ちでいっぱいであった。

「そうは言うがな、そこのお付きの方がさっさと去れと言うもんでな。悪いが今すぐ払ってもらわないと、困ってしまって暴れてしまいそうだ」

そう言って剣の柄に軽く手をかける。グレンダは警戒した。そして思い出す。紫苑はグレンダの味方ではない、仲間ではないということを。

「もう一度だけ言うぞ。今すぐ報酬をここで払え。何故ならば今すぐ立ち去れと言われたからだ」

厭味たらしくそう言ってロメリアに報酬を支払うことを迫った。紫苑の顔は笑っているが、目は笑っていない。

しかし、払えと言われても無い袖は振れない。ロメリアは困ってしまった。紫苑もそのことは理解している。

もし、この場で支払えるのであればとうの昔に支払っている。それでもなお迫っているのは、脅しだ。紫苑は怒りをロメリアにぶつけているのだ。

ロメリアは世間知らずだが馬鹿ではない。紫苑が何に怒っているのかを理解した彼女は覚悟を決める。グレンダを制して一言。

「私の家臣の失礼な発言、大変申し訳なく思います。家臣の不始末は主人の不始末。どうかご容赦ください」

「お嬢様、何を！」

ロメリアが紫苑に対し、深く頭を下げる。ロメリアは紫苑に対し、不義理を働くことに深い罪悪感を覚えていた。

言うなれば紫苑は命の恩人だ。その恩人に対し、さっさと去れという発言が失礼に値するのは流石の彼女も理解していた。

「お前がそこまで言うのなら一度目は許そう。ただ、二度目はないぞ」

「寛大な処置、ありがとうございます。グレンダには言って聞かせましょう」

紫苑は思った。グレンダよりもロメリアのほうが余程大人だと。社交というものを弁えている。

それもそうだ。彼女は大公令嬢。社交界には嫌というほど出席してきたのだ。世間知らずだが馬鹿ではない、場を、空気を読んで弁えることができる女性だと紫苑は認識を改める。

逆にグレンダはそのような世界とは無縁であった。確かに家系は騎士の出ではあるが、ただ己が武でのし上がってきた女性なのだ。紫苑を賤民《せんみん》の卑しい男くらいにしか思っていなかったのである。

グレンダは浅慮な発言を恥じた。自身のせいで主君が謝罪する羽目になったのだから。

しかし、これは身から出た錆だ。彼女もまた、謝れる人間であった。

「すまなかった。先程の発言は取り消そう。これも乗り掛かった舟だ。我らが無事に屋敷に帰れるまで護衛を頼みたい」

そう言って硬貨を投げ渡す。金色に輝く硬貨を。紫苑もそれならばと二つ返事で承諾した。どの道、彼女たちに付いて行かなければ報酬は貰えないのである。

「で、シュティ大公家のお屋敷は何処にあるんだ？」

「お嬢様が暮らしているのは帝都だ」

「帝都はここからどれくらいの距離なんだ？」

「馬を飛ばしても一日以上。しかし、この馬車だ。倍以上の五日は掛かるだろう」

「ま、仕方がないか」

紫苑は諦めて御者席に深く腰を掛ける。御者は恐る恐る紫苑を見つめていた。

馬車は揺れながら帝都に向かう。大金が手に入ったらどうしようか。一生働かなくていい金額である。一軒家を買って悠々自適な生活を送る。紫苑は胸にそんな希望を抱いていたのであった。

第二章

## 【東暦　一〇〇五年　三の月　一二の日】

紫苑一行は無事、何事もなく彼ら彼女らが所属する帝国の帝都に到着することができた。紫苑もこれには拍子抜けである。

絶対に何か起きると思っていた。それは杞憂に終わり、そのまま彼女の屋敷に向かう。

ちなみに御者は居ない。出発してすぐの最寄りの街で解放してしまった。小銭を握らせて。もちろん口止め料込みだ。今頃、殺されてなければよいがなんて思う。

ボロボロの幌馬車が貴族の住宅が密集している高級住宅街に入っていく。

あまりの似つかわしくなさに逆に人目を引いているようであった。その馬車が大公の屋敷に入っていった。周囲の人間は不思議そうな顔をしている。

「止まれぃ！」

案の定、大公屋敷の門で直立している門番に制止される。

しかし、御者台に乗っている人物を見て制止を解いた。そう、大公令嬢であるロメリアの護衛長であるグレンダだったからだ。

「し、失礼いたしました！」

「構わん。門を開けよ。ああ、それから全員を呼び集めてくれ。御当主様も頼む。お嬢様のお帰りだ」

「は？　……ははっ！」

ロメリアの帰還。それを聞いた門番は笑みを浮かべ、門を開けてから屋敷の中に入っていった。

それだけ嬉しかったのだろう。また、ロメリアが愛されている証拠でもある。

紫苑はやっと報酬が貰えると、そう思っていた。しかし、あからさまな不審者だ。そう簡単に解放、信用されるわけがないだろう。

紫苑は屋敷の、それも地下に、あれよあれよという間に持て成しという名の軟禁状態にされてしまった。

武器は取り上げられていない。監禁でないだけマシというものである。紫苑は自分にそう言い聞かせる。

それからというもの、大公の家来に根掘り葉掘り聞かれる。誰なのか。どういう経緯で一緒にいたのか。何が目的で一緒にいたのかを。そのどれにも紫苑は嘘偽りなく答えた。

「名前は紫苑。千住渡紫苑だ。あ、紫苑が名前な。やってきたのは違う世界……まあ、遠い国からだ。ダチと昼寝していたらお宅のお嬢様が襲われていたので、全くの善意から手助けしてここに至る。報酬さえ払ってくれればそれで構わねぇよ」

別に疚《やま》しいことはない。紫苑としては早く解放されることを願うばかりである。しかし、一日が過ぎ二日が過ぎても解放されることはなかった。

　生活には不便しなかった。食事も普段食べているものより上等なものが出てくるしベッドもふかふかだ。しかし、息苦しさは否めない。稽古して食って寝るだけの生活だ。

　そんな地下生活ではあるが、なぜか待遇はそれなりに良かった。それはロメリアが何度も足を運んできたからである。もちろん護衛のグレンダ付きでだ。

　ロメリアが紫苑に会いたいと駄々を捏ねたのだろう。そして粗雑な扱いをしていると怒られる可能性があるため、表面を取り繕うために待遇を良くしたのである。大公としての矜持かもしれない。

　ロメリアは紫苑のプライベートなことを根掘り葉掘り聞いてきた。どこで生まれたのか。そこはどんな場所だったのか。どんな生活を送っていたのか。紫苑はそれにも嘘偽りなく答える。

「オレが生まれたのは日本っていう、あー、なんだ。すごく遠い場所だ。そこで学生、勉強したり訓練したりしていたんだ。あとは祖父から剣術を教わったりだな。そこからこの国に来て、かれこれ二年ってとこか。ああ、そうだ。そんな毎日だったよ」

　遠い目をする紫苑。どうやら昔を懐かしんでいるようであった。紫苑はもうすぐ二十歳になるのだ。最初、この国、この世界に来た時は途方に暮れたものである。

　着の身着のまま、刀一本で飛ばされてどうしろというのだろう。しかし、紫苑は諦めなかった。自分のできることを探し、食い繋ぎ、今日まで生き延びてきたのだ。

「学校に通っていたのですか。では、エリートなのですね。かく言う私も淑女学校を卒業していますよ」

「はは、そうかい」

そう言って自慢気に胸を反らすロメリア。紫苑は適当に相槌を打ちながら、この世界にも学校があるのかと感心していた。

なぜ感心したのか。それは文明レベル的に学校はないと想定していたからである。

紫苑の体感では十世紀前後の文明だと考えていた。だが、冷静に考えてみると、かのアリストテレスもミエザで教鞭をとっていたのだ。ならば学校くらいあってもおかしくはないだろう。

ロメリアの他愛もない話を聞かされ、今日も一日が終わる紫苑。

いつまで待たされるのか。段々と辟易してくる。そして思う。アンバーの言うことを素直に聞いておけばと。

その度に紫苑は頭を振って後悔を打ち消す。もう少ししたら大金が手に入るのだ。そうしたら何処かに土地でも買って優雅なリタイア生活をしよう。そう思い込む。

グレンダに早くこの場所から出してくれと催促するもできないと突っ撥ねられる始末。

いつまで居ればいいのかと訊ねても知らぬ存ぜぬの一点張り。ただ、時が過ぎるのを待つ他ない。

そろそろ紫苑の我慢の限界が近づいてきたのであった。

◇　◇　◇

ところ変わって王城の一室。そこではロメリアの祖父である大公デュポワとその甥に当たる皇帝ロレンベルグ三世が険しい顔をしていた。

彼らの他に内大臣で公爵のブロンソン、帝国の国教であるイファ正教の枢機卿《すうききょう》ヴィダムなど、錚々たる面々が集まっていた。空気が重い。

「シュティ大公の話は理解した。つまり、何者かによって其方の娘が誘拐され、若者がそれを助け出したと。であれば、我らがやるべきことは誘拐した主犯を探すことだな」

そう述べたのは皇帝ロレンベルグ三世である。自身の姪が拐われたのだ。犯人には厳罰をと公言する。

するのだが、内心では息子の誰かが主犯であることは薄々勘付いていた。父として、皇帝としてはこの件を揉み消すしかない。

「この件はブロンソン卿に任す。良きに計らえ」

「はっ」

ロレンベルグ三世は内大臣のブロンソンにこの件を一任した。ブロンソンであれば事情を察して上手く揉み消してくれると期待し、彼を指名したのだ。

皇帝がそう決めた以上、この話はこれで終わりである。大公デュポワは恭しく頭を下げる。

「その助け出した若者とやらにも褒賞を与えねばならんな」

ロレンベルグ三世がそう言うとデュポワが申し訳なさそうに口を開いた。これは皇帝の耳に入れておかなければならない事実である。そう判断したのだ。

「恐れながら申し上げます。不肖の孫娘がその若者に大金貨一万枚を褒美に渡すと約束を交わしたようで」

場がどよめく。大金貨一万枚といえば国家予算の一パーセントに相当するのだ。

国家予算の一パーセントを個人に渡すことがどれほど馬鹿げているか、ここに居る全員が理解していた。鋭い声が飛ぶ。

「そんな馬鹿な話があるか！」

声を荒げたのは未だ若い――と言っても四十代なのだが――将軍のグラックスであった。それをヴィダムが宥める。

ただ、ヴィダムの心中も穏やかではない。いや、むしろ心中穏やかな人間など、この場には居ないだろう。

そこから会議は紛糾した。紫苑をどう処理するかを巡って。彼を殺す案も出た。しかし、それは張本人であるデュポワが却下した。

それでは不義理を働くことになる。そもそも、そのようなことをしたらデュポワ家の信用が地に落ちてしまうのだ。

もし、殺したことが世間に漏れたら、命の恩人を褒美惜しさに殺した卑怯者と罵られるだろう。

誰が罵られるか。この場にいる全員が帝国民から陰口を叩かれるのである。貴族として、それだけは我慢ならなかった。

ただ、デュポワは建前上の理由としてグレンダから聞いた紫苑の実力を理由にしていた。

彼は相当な使い手であると彼女から耳にしていたのだ。また、冒険者、傭兵としてそれなりの修羅場を潜ってきていると。敵に回すと被害が大きい。

彼を殺すことは容易い。ただ、彼が自暴自棄になった際にどれだけ巻き込まれるか、道連れにされるかがわからない。

ロメリアが巻き込まれる可能性を考えるとデュポワは諸手を挙げて賛成はできなかった。

貴族は貴族らしく、その責務を果たす必要がある。それが統治者なのだ。

また、デュポワには他にも懸念があった。それは孫娘のロメリアのことである。

もし、ロメリアが紫苑と約束した報酬を支払えなかった場合、後ろ指を差されるのはまず彼女だろう。

デュポワはそんな思いを彼女にさせたくなかった。下手をすれば自死まで考えるかもしれない。

もちろん原因は迂闊な約束をした彼女にある。いや、もっと遡れば蝶よ花よと箱に入れて育ててきたデュポワに原因がある。身から出た錆だ。ある程度の出費は覚悟するつもりである。

会議は踊るも進むことはなかった。国庫からではなく、デュポワの個人的な資産から支払うべきだという声が多かった。

しかし、デュポワ大公を味方に付けたい、孫娘のロメリアを取り込みたい、婿養子を送り込みたいと画策している陣営から反対の声が上がる。

結論が出ず、こうして紫苑の拘束日数が一日また一日と延びていった。このままでは埒が明かない。

誰かが打開策を見出さなければならないのだ。

全員が模索していた。その中の一人から声が上がる。枢機卿のヴィダムである。ヴィダムもこの会議には辟易していたのだ。

彼はまず、この場に居る全員の共通認識を揃えるところから始めた。

彼は枢機卿。聖職者だ。利権などに影響されない、立場上は中立なのである。表向きは。

「最初からお話ししようではありませんか。まず、シュティ家の令嬢を助けた若者に礼をしなければならない。ここまでは全員の認識ですな？」

周囲を見渡すヴィダム。誰も異論はないようである。それを確認して話を先に進める。

「問題は礼をどのようにするかです。金銭はやめましょう。約束の額は用意できませんし、それを大きく下回ったら貴族としての面子が立ちません」

何人かの貴族が同意を示すように何度も頷く。ヴィダムはその反応を確認してから周囲を諭すように自身の考えを述べ始めた。

「そこでどうでしょう、褒美として栄誉と領地を与えるのは。栄誉は金銭に変えられません。誰か地図を」

ヴィダムがそう述べると待機していた従者の一人が倉庫から帝国の大地図を持ってきて二人がかりで広げた。帝国の詳細な地図である。誰の領地なのか点線でしっかりと区切られていた。

これが公式の領地だ。貴族同士が領地で揉めないよう、しっかりと記録されている。もし、領地を変更したい場合、帝国に申し出て変更が認められなければならないのだ。

その地図をじっと眺めるヴィダム。そして北の辺境の地、ヴィダムはそこを指差した。今は帝国の直轄地となっている地だ。

なぜ直轄地となっているのか。それは帝国で三国境と呼ばれる、嫌われた土地だからである。帝国の北西にある商業連合、そして北東にある王国の三国とぶつかり合う土地なのだ。

現代の国家として普通に考えれば要衝だろう。だが、この帝国では皇帝から貴族に対し、土地を分け与えていると考えるのが普通なのだ。

そして貴族は分け与えられた土地の代金を未来永劫、皇帝に払い続けるのである。

ただ、土地は分け与えられた貴族の物なのだ。与えられた者がしっかりと守る。この国ではそう考えられていた。

わざわざ敵の多い領地を褒美として貰って嬉しいだろうか。答えはノーである。

また、三国境は大した土地ではなく、面積としては日本で一番小さい舟橋《ふなはし》村程度しかない。

四平方キロメートルもないのだ。そんな不毛な土地、ヴィダムはくれてやってもいいと考えているのだろう。

人口だって千人居るか居ないかだ。万が一、失ったとしても帝国に痛手はないのである。それで大金貨一万枚の褒美とするつもりなのだ。

「皆さん、如何でしょう。この不毛なバレラードの地を褒美として与えるのは。それから適当に爵位を授けておけばよいでしょう。如何か？」

周囲を見渡すヴィダム。この提案は賛否両論であった。なぜ賛否両論になったのか。それは爵位を授けるという部分が引っ掛かってしまったのだ。

ヴィダムは貴族ではない。聖職者だ。枢機卿なのである。貴族と枢機卿の違いは何か。それは世襲か実力かの違いが最たるものだろう。

貴族は何をしていなくても貴族なのだ。その貴きをもって地産まれもって貴族なのである。それに対し、ヴィダムは己が力で枢機卿まで上り詰めたのだ。

もちろん、裕福だったり家柄が良いほうが枢機卿にはなりやすい。しかし、誰にでも門戸は開かれているのである。それが貴族の価値観と合わなかったのだ。

またもや混迷の会議となってしまった。ヴィダムは溜息を吐く。こうなってしまっては長いのだ。しかし、ここで鶴の一声が上がった。その声の主は皇帝ロレンベルグ三世である。

「もうよい。ヴィダム卿の案を採用する。差し当たって一代限りの准男爵の地位を用意してやればよいだろう。あとは良きに計らえ」

皇帝ロレンベルグ三世がそう言って会議を終わらせる。どうやらロレンベルグ三世にとっても苦痛の時間だったようだ。切っ掛けは息子の恥部である。早く終わらせたかったに違いない。

一代限りの貴族ということで他の貴族たちは溜飲を下げた。もし、彼が気に食わなければ殺せばよい。一代限りなので死んだら跡継ぎに爵位を継がせることはできないのである。

この決定で会議は終わりである。ただ、貴族たちの不満は燻ったままだろう。

中央集権国家ではないのに、貴族たちの不満が募った。これが何を意味するのかロレンベルグ三世はまだ理解していないのであった。

◇　◇　◇

紫苑が閉じ込められて、はや一週間。今日も今日とて食事を摂り、身体を鍛え、眠るだけの生活をしていた。いや、しようとしていた。

そんな紫苑のもとに大公デュポワと孫娘のロメリアが訪ねてきた。

後ろにはグレンダ他何名かが控えている。誰も彼もが神妙な面持ちであった。それを訝しむ紫苑。

紫苑とデュポワは面識がない。しかし、紫苑はかの老人がロメリアの祖父であることを見抜いていた。いや、見抜かなくてもたいていの人間はわかるだろう。ロメリアよりも偉そうなのだから。

両者の間に緊張が走る。紫苑は思わず、刀の柄に手を伸ばそうとしていた。

「ふっふっふ。そう警戒するでない。ロメリアの祖父のデュポワじゃ。この度は孫娘を助けてくれてありがとう。其方のお陰じゃ」

そう言って頭を下げるデュポワ。デュポワは貴族だろうと平民であろうと下民だろうと頭を下げて感謝することのできる貴族だ。

頭を下げるのは、ただである。また、面子を必要とする場面でもない。デュポワは損得を理解して頭を下げられるのだ。

紫苑もロメリアの祖父と理解してから警戒を解いた。彼は報酬を支払いに来たと思ったのだ。

実際、デュポワは報酬を支払いに来た。もっとも、その報酬内容は紫苑が想像していたのと異なっていたのだが。

「感謝は別にしなくていいぜ。オレも慈善事業で行ったわけじゃないからな。さ、報酬を支払ってもらおうか。内容は孫娘さんから聞いているんだろ？」

「そのことなんじゃがな。報酬は別のものになった」

「は？」

開いた口が塞がらないとはこのことだろう。別のものとは一体何か。お金ではないことは確かである。しかし、紫苑が欲しいのはお金なのだ。

「其方への報酬は領地と爵位じゃ」

領地と爵位。紫苑は領地はまだ良いと思っていた。土地は売ることができる。しかし、爵位は要らないと思っていた。あんなもの、足枷にしかならないと。

爵位も売ろうと思えば売れるのだが、今回は紫苑の一代限定の爵位である。これでは爵位も売れない。つまり、紫苑に報酬を支払いたくないと暗に伝えているのだ。帝国も吝《しわ》いことをする。

「待て待て待て。聞いていた話と違うじゃねぇか！」

思わず殺気を放ちながら睨み付ける紫苑。グレンダが二人の前に出た。だが、紫苑は二人に対して叫ぶのを止めない。

「ロメリアが報酬は望むままにって言ったから助けたんだ！　だというのに、報酬を勝手に変えるだと⁉　ふざけるのもいい加減にしろよっ‼」

「抜くんじゃないよ！　抜いたらアンタを殺さなきゃならなくなるからね！」

グレンダが警告する。ロメリアは怯えて腰が抜けてしまったようだ。目には涙を浮かべていた。それと同時に紫苑に対し、初めて恐怖を覚えていた。

味方であった時はあんなに心強かったのに、敵に回った瞬間、心臓をぎゅっと無理やり掴まれた思いがした。ロメリアにとって初めての経験であった。また、恐怖のあまりドレスが濡れてしまっている。

対してデュポワは飄々としていた。これくらいの修羅場、潜り抜けてきたに違いない。

紫苑も馬鹿ではない。ここまでの激昂は見せかけである。こちらが怒っているということを明確に意思表示しようというのだ。

平民の紫苑が剣を抜けば死罪は免れない。それは紫苑も理解している。

しかし、それを理解しているのであれば、怖いものはない。ロメリアくらいであれば道連れにできるだろう。そうとも思っていた。

「そうカッカするな。短気は損じゃぞ。想定とは違うかもしれんが、できる限り望みは叶えてやりたい。シュティ家から大金貨を二百枚支払う。新たな領地運営も補助しよう。どうじゃ、それで手を打たんか？」

優しく紫苑を見つめるデュポワ。紫苑は怒りが収まらないのか、デュポワに対し殺気を放つばかりだ。ただ、このままでは話は進まない。紫苑は深呼吸を三度、静かに行う。

「ふーっ。大金貨二百枚と金貨五十枚で手を打とう。それからオレが住む家を建てろ。新築でな。それから当面の衣食住の世話と必要な物資の援助もだ」

深呼吸をして冷静さを取り戻す。厭味ったらしくたった金貨五十枚を追加要求した。それでも金貨五十枚は大金だ。貰えるなら貰っておきたい。

先程の激昂はこの時のためだ。条件を吊り上げるための演技なのだ。もちろん、演技ではなく本物の怒りも多少は含まれているが。

冷静に考えれば大金貨二百枚は日本円にして二億円だ。アーリーリタイア生活も夢ではない。

それだけじゃない。新築の住居も貰えるのだ。冷静になって考えれば悪い話ではないのである。

あくまで冷静になって考えることができるのであれば、の話だが。

「わかった。それも呑もうじゃないか」

デュポワが紫苑の条件を二つ返事で承諾する。デュポワとしてはもう少し吹っ掛けられると思っていたようだ。彼の顔には笑みが浮かんでいる。

この返答をもって紫苑は殺気を解いたが、相手の表情を見て後悔する。もっと吹っ掛けておけば良かったと。余裕顔のデュポワが憎らしい。

「交渉成立だな。で、オレはどうすれば良いんだ?」

「叙爵式《じよしやくしき》がある。その格好ではよろしくないな。それに礼儀作法もある。今すぐ服を仕立てて礼儀作法を学んでもらうぞい」

「うげ……。もちろんその金も爺さんに持ってもらうからな」

貴族となる以上、礼儀作法は避けて通れない。この世界で生きていくのならば、覚えておいて損のない技術だ。

礼儀作法を学べば相手からそれだけで一目置かれるのである。一廉《ひとかど》の人物として扱われたいのであれば礼儀作法を学ぶべきなのだ。

覚えの悪くない紫苑ではあったが、彼のやる気のなさから服の仕立てと礼儀作法の習得に更に一週間を費やしたのであった。

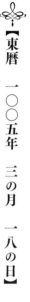

## 【東暦　一〇〇五年　三の月　一八の日】

そして叙爵式当日。紫苑は髪を整え、礼服に着替えてデュポワとともに馬車で登城する。

紫苑は准男爵に任じられる。名前も彼が封じられる土地にちなんでシオン＝バレラードになるのだ。だというのに、シオンの表情に喜びは見えない。

この一週間。シオンは封じられた土地に関して調べられる限り必死に調べた。

人口はたったの九百人ほど。名産は特になく、貧しい者たちが身を寄せ合って暮らしていた。彼らはこの痩せた狭い土地で必死に暮らしているのだ。

南に山があるため、木々に困ることはない。しかし、水場も平地もないため、畑を耕すとなると、根気のいる作業になるかもしれない。

平地は諦めるにしても、せめて水場が欲しかった。これぱっかりはシオンも無いもの強請りをしてしまう。

だが、シオンは楽観視していた。何せ後ろにはシュティ家が付いているのだ。難しいことは代官に任せ、あとは悠々自適なリタイア生活を送るだけである。そう思っていた。

アンバーは厄介ごとと言ってこの仕事を降りてしまったが、結果どうだ。良い仕事になったじゃないか。

なんなら出世して一代貴族を取り消してもらい、富豪に爵位を売ってもいい。シオンはそう考えている。

どうやって爵位を売るのか。それは指定された子女と交わり、子を授かり、跡を継がせればよいのだ。そのあとは離縁するなり好きにして構わない。シオンはそう教わっていた。

「礼儀作法は叩き込んだな？」

「もちろんだ。つつがなく終わらせてやるよ」

王城の中でデュポワと別れるシオン。今日の主役はシオンなのだ。

皇帝の待つ、大きな門の前で心を落ち着ける。そして入場のラッパが鳴り響いた。どうやら皇帝が入ったらしい。

そしてシオンの目の前の扉が開いた。ここからは学んだ通りに動いて終わりだ。シオンからしてみれば朝飯前の作業である。

真っ直ぐ進む。両脇には貴族や官僚が並んでいた。しかし、彼らのシオンを見る目は厳しい。

貴族たちから見ればシオンは歴史も何もない、どこぞの馬の骨なのである。

その馬の骨が貴族の仲間入りをする。たとえ一代限りであっても、それを温かく迎え入れられる度量を持ち合わせている貴族のなんと少ないことか。

指定された場所で跪くシオン。皇帝が段上の玉座からシオンに対しこう呼び掛けた。

「シオン＝バレラード。其方《そち》のロメリア＝デュ＝シュティを助け出した功を認め、准男爵に叙するものとする。また、帝国のバレラードの地に封ずるものとする」

「ははっ。ありがたき幸せにございます。身命を賭して帝国の発展に寄与いたしましょう」

形式美である。そして皇帝が玉座から降りてくる。

そしてシオンの傍に赴き、彼の双肩を抜き身の剣の腹で叩いた。最後に一言、耳元で「励め」と言われ式は終わった。

式典が終わり、シオンは事務官から証書と宝剣と魔石の指輪を受け取る。准男爵に類された証だ。

これで名実ともにシオンは准男爵である。そうとなったのならばシオンはさっさと帰る。もう疲れたと言わんばかりに。今日、この日この時からシオンは准男爵となったのであった。

しかし、にもかかわらずシオンは今でもシュティ家に部屋を借りている。

今後のプランをデュポワと練るのであった。ちなみに、あれ以来、ロメリアはシオンのもとを訪れていない。

「家の建築状況はどうなってる？」

「今指示を出したばかりじゃ。そう簡単に建たんて」

「食糧の手配は？」

「そちらは麦を大樽で十。ワインも大樽で十。豆も大樽で十を用意しておる」

「足りんな。家畜として鶏を用意しておいてくれ。番いで五羽ずつ」

不遜な態度でデュポワに指示を出すシオン。仮にも相手は大公だ。ただ、ことこの件に関して、シオンは強気でいられるのである。

「あと必要なものは――」

「家臣じゃな。准男爵とはいえ貴族は貴族じゃ。家臣を付けねば笑われるぞい」

そう言って柔らかい笑みを浮かべるデュポワ。確かに家臣は必要である。召使ではない。執事でもない。家臣だ。領地の経営を補佐する者。領地の安全を守る者である。

シオンもそれには賛成していた。というのも、面倒なことは全て家臣に任せるつもりだったからである。

「これの手配は――」

「流石に無理じゃ。相性があろう？　ま、紹介はできるがな」

家臣は主従関係が大事だ。なので、手配されてもシオンが気に入らなければ意味がない。デュポワは紹介ができると言って、シオンをある場所に連れていく。

「此処は……」

「学び舎じゃ。ヒルデリンスの学び舎と言ってな、出自の貴賤《きせん》を問わず様々なことを学べる場所なのじゃ。気に入った者がいればスカウトするがよい」

つまるところ、学校である。

シオンはデュポワとともに学び舎の中を巡る。もちろん、学び舎の運営者であるヒルデリンスに許可を取ってからだ。

どうやらデュポワとは既知の仲らしく、二つ返事で許可が下りた。

なんとも変わった学び舎であった。各々が好きなように勉学に励んでいるのである。ヒルデリンスの高弟《こうてい》が教鞭を執っている姿も見受けられた。

「心惹かれた者は居るか？」

「ンなこと言われてもな、そんな直ぐ見つかるもんじゃねぇだろ」

「ほっほ。確かに。では、好きに出入りしなされ。片腕が見つかるまで、バレラードに家が建つまで時間はある。じっくりと探されよ」

そう言って去っていくデュポワ。こうして、シオンの家臣探しが始まったのであった。

# 第三章

## 【東暦　一〇〇五年　三の月　一九の日】

なぜか帝国の貴族に列せられてしまったシオン。今現在、急務となっているのが家臣探しである。

シオンは戦えるがそれだけなのだ。領地の経営はもちろんのこと、会社などの経営や運営の経験など皆無である。

彼が人を率いる立場で経験したことがあるのはせいぜい中学校の時の修学旅行の班長程度。

そんな彼を全てにおいて支えてくれる家臣が必要なのである。それを探すため、足繁くヒルデリンスの学び舎に通っていた。

しかし、ピンとくる人材は見つからない。そう簡単に見つかるはずもない。そう理解していた。理解はしていたが焦る。ただ時間だけが淡々と過ぎていく。

「おかしい」

シオンは首をかしげていた。彼はもっと応募が殺到してもいいと思っているのだ。

新設されたばかりの家だから待遇は求められないが、それでも家を動かすことのできる権力が与えられる。

鶏口《けいこう》となるも牛後《ぎゅうご》となるなかれである。だが、応募が来ないのにはそれなりに理由があった。

まず、ヒルデリンスの学び舎に通っている者は漏れることなく自尊心が高い。

自分ならばもっと名家、高家に勤められると考えているのである。それにシオンも悪い。自分がどのような条件の人物を求めているのか明示していないのだ。

これでは見つかるわけがない。ただ、ゴリラのようにウホウホと学び舎を巡っているだけなのだ。

シオンもこのままではいけないと危機感を募らせていた。

そこで、シオンは行動を起こした。高弟が教鞭を執っているある一室に入る。その一室にいる全員の視線がシオンを捉えた。シオンはその視線を受けながらも、咳ばらいを一つしてこう述べた。

「あー、オレはシオン＝バレラード准男爵だ。新しく准男爵家を創設することになった。それに伴い、協力してくれる仲間を求めている。オレは運営や経営に興味ない。全てを任せよう。やりがいはあるぞ。支払える報酬は多くないが、実力が合うのならば、その報酬も領地の発展とともに増やせるはずだ。もし、興味があるのならばシュティ大公家を訪ねてくれ。あの、シュティ大公家だ。以上」

このようなことを現代日本でやれば、やりがいの搾取だと叩かれるだろう。ただ、双方が合意しているのならば問題ないとシオンは考えていた。

そもそもこの国では給与に対し法がないので双方が合意していればよいのだ。

好きに領地運営できるのだから給与が低くても魅力に感じる人間はいるだろう。そう考えたのである。あとは屋敷に戻って寝ながら果報を待つのみだ。

しかし、まったくもって音沙汰がない。待てど暮らせど誰も訪ねてこないのだ。痺れを切らしたシ

オンは再び学び舎へと足を運ぶ。その時だった。

「あ、あの！　シオン閣下《かっか》でしょうか！」

「ん？　ああ、そうだが」

そこにいたのは小柄な少女であった。金色の髪をお団子状に纏めた、なんとも田舎臭い少女である。小動物みたいで可愛いとは思ったがお世辞にも有能そうには見えなかった。

「あわわ、私はヒルデリンス先生の門弟《もんてい》でありますインと申します！　あの、是非とも私めを麾下《きか》にお加えくださいぃっ！」

勢い良く頭を下げるイン。普段のシオンであれば即座に断っていたのだが、今回は初めての応募者だ。ただ、彼女に一抹の不安を覚えたため、場所を変えて詳しく話を聞くことにした。

「あー、インと言ったか。年齢は？　学び舎には何年居るんだ？」

「ね、年齢は十八です！　学び舎では三年間みっちりと勉強してきましたっ！」

頬を紅潮させ回答するイン。それほどまでに緊張しているのだ。緊張しないわけがないだろう。目の前には貴族。そして話を聞いている場所は大公の屋敷だ。

平民の叩き上げであるインには場違いな場所なのだ。この環境も緊張に拍車をかけている。

それとは対照的に自宅のようにリラックスしているシオン。お前はもっと恐縮しろと思う。

「十八!?　てっきり十五歳くらいかと思ったよ」

「よ、よく言われますぅ。シオン閣下と同い年くらいです！」

「いや、オレはもうすぐ二十だが……」

「はうっ⁉　あわわ、し、失礼しましたぁーっ！」

椅子から飛び降り、床に正座して土下座をするイン。喜怒哀楽の激しい娘だとシオンは思っていた。

ただ、そのほうが付き合いやすい。何を考えているのかわからない奴よりは断然良いと思っていた。

「そうすぐかしこまるな。話しにくくて敵わん。次、そうやってかしこまったら物理的に首と胴を切り離すぞ」

「ひゃ、ひゃいぃっ……」

インは目に涙を浮かべてしまった。少し脅し過ぎにも思うが、シオンは意に介していない。ただ、彼も気まずいと思っているのか、咳払いを挟んで直ぐに次の話題を振った。

「で、どうしてオレに声をかけてきたんだ？」

「そ、それはシオンか……さんが領地の経営を好きになさってよいと仰ったので。それは本当でしょうか？」

「そうだな。意見は言うが口出しはしないぞ。インの意見を最大限に尊重するつもりだ。しかし、この狭い領地でどうしようと思っているんだ？」

シオンがそう尋ねるとインは答えにくそうにもじもじし始めた。ただ、もじもじしていると首と胴が離れてしまうことを思い出したインは意を決してシオンにこう尋ねた。

「あの、その、シオンさんにお尋ねします！」

「なんだ？」

「国家の利益と私たちの利益、どちらを優先す――」

「オレたちの利益だ。国家の利益なんて微塵も考える必要はない」

シオンはインの質問を遮って答えた。どうやらシオンは報酬が十分に支払われなかったことを未だ根に持っているようである。

「そ、それならば良い考えがありますです。三国の境となっておりますので、この地を忌避《きひ》する者は多くおります。ならば逆手にとってやればよいのです！」

「ほう。逆手にとるとは？」

「商いの要衝へと発展させましょう。帝国、王国、商業連合の特産、名産がすべて手に入る土地を目指すのです！」

シオンは直感で悪くない案だと思った。人は増やせないが、物であれば金を積めば増やすことができるのだ。また、商会の誘致はデュポワの力を借りれば造作もないはず、そう考えたのだ。

しかしだ。そううまくいくとも思わなかった。地図を見る限り、物流が良くないのである。帝国の最北端、山を一つ越えていかなければならないのだ。

川もないため、河川舟運《かせんしゅううん》も使えない。そうなると荷馬車で荷駄《にだ》を運ばなければならないのだ。

インはそれをどう考えているのだろうか。シオンはインにそう尋ねると、意外な言葉が返ってきた。

「それで良いのです！　必要なのは決定権のある人間と見本だけなのです！　見本であれば収納の魔石で運んでこれるのです」

発想は悪くないと思う。しかし、踏み切れないシオンが居た。いや、だが全てを任せると宣言したのだ。ここは彼女に任せることにしよう。それに、他に手はない。

「わかった。お前を召し抱えることにする。これからオレのために頑張ってくれ。他に協力してくれそうな人材は学び舎に居ないか？」

「あ、ありがとうございます！　身命を賭して頑張りますです！　他の人材ですか……。ちょっと探してみますです！」

「よろしく頼む」

シオンはインを召し抱えることを決めた。彼女の献身さを買ったのだ。必死に考えるその姿勢はきっと役立ってくれることだろうと、そう信じて。

## 【東暦　一〇〇五年　三の月　二二の日】

それからというもの、インは赴任することになるバレラード地方の情報を集めながら、協力してくれる人が居ないか様々な方法でアプローチをかけていた。

学内に張り紙で掲示をしたり、知り合いに声をかけて回ったりと、それはもう彼女なりの、彼女が思い付く限りの地道な努力を重ねていたのであった。

対してシオンはというと、果報は寝て待てと言わんばかりに稽古をするか寝るか食べるかの三択な生活を送っていたのであった。

こう聞くとシオンがインをこき使って堕落《だらく》していると思われがちだが、彼は分を弁えているのである。自分のような人間に人集めはできないと。

戦うことしか能のないシオンが出る幕ではないのだ。ここはインが頑張る場面なのである。シオンはそれを本能的に察知していたのであった。

そして更に幾日か過ぎた後、シオンの耳に二つの知らせが入ったのであった。

一つ目はデュポワからである。シオンの屋敷の建築に着工したという知らせだ。

あくまでも着工である。完成には一月近く掛かるだろう。知らせがデュポワに届いた頃には既に二割近く完成しているはずだ。なので、こちらで十日ほど時間を潰してから出発すれば到着する頃には完成しているだろうという見込みであった。

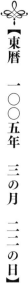

それからもう一つはシオンとインに新たな仲間が増えたことだ。インが新たな仲間をシオンのもとに連れてきたのだ。

その名もエメ。インと同じくらい小柄な少女なのだが、彼女とは正反対の性格のようだ。まったくやる気が感じられない。

「シオンさーんっ！　新しい仲間を勧誘してきましたっ！　彼女もぼっちのようでしたーっ！」

もし、インに尻尾があったら喜びのあまり、千切れんばかりに左右に振っていただろう。実際、シオンの目には彼女のお尻から生える尻尾が見えていた。

「よしよし。良くやった。偉いぞー。だがな、あまり大きな声でぼっちとか言うんじゃないぞー」

犬をあやすようにインを褒めるシオン。インも嬉しそうに目を細めていた。どうやらインは褒めて伸びるタイプの少女のようだ。シオンは目線をエメに向ける。

「で、彼女は？」

「はじめまして。シオン＝バレラード閣下。エメと申します。彼女から好き放題やっていいと聞いたので、馳せ参じました。どうぞ、末席にお加えください」

ボサボサ伸びた赤毛の髪を気怠そうに邪魔臭そうに掻き分けながらそう挨拶をする。

包み隠さず本音を言うタイプの少女のようだ。シオンは思考する。インが連れてきた人材だ。何か意図があるに違いないと。

「イン、エメは何ができるんだ？」

「はい、彼女は学び舎でずっと植物に関して勉強していたのです！」

「植物……つまり、作物とか栽培とか、あー、つまり農業の勉強をしていたということか？」

「概ねその認識で合ってますです」

「ふむ」

シオンも理解している。第一次産業が領地経営の要であると。こと古代。西暦《せいれき》十世紀前後は第三次産業よりも第一次産業のほうが大事なのだ。自給率が十割を超えていれば余剰分を売り捌いて利を貯めることができる。常識である。

「悪いんだが、多くの報酬を支払うことはできないぞ？」

「構わないです。私は自分の研究だけできればそれで満足です」

つまり、エメは知的欲求を満たすことができれば満足だと言っているのだ。シオンにとっても悪くない話だ。

シオンは打算的な考えから二つ返事でエメを迎え入れることにした。そういう人物は扱いやすい。

「わかった。では、これからよろしく頼むぞ」

「お任せください。つきましては欲しいものがいくつかございますです」

「なんだ？」

シオンがそう尋ねると出てくるわ出てくるわ。

麦や野菜の種から鍬《くわ》や鋤《すき》やらの農機具から品種改良のあれこれまで出てくる始末。これ目当てだったのではないかと勘繰りたくなるほどだ。

これに乗じよと言わんばかりにインも机と椅子、書棚に箪笥など欲しいものをこれでもかと羅列し始めた。流石に全てを叶えることはできない。いや、できるのだが出費は抑えたいと思うシオン。

しかし、彼女たちが欲しがるのも道理だとシオンは思っている。バレラードは帝都とは違い、小さな村なのだ。欲しいものはおそらく帝都でしか手に入らないだろう。

シオンは全てを諦め、約束通りデュポワにおんぶに抱っこになろうと腹を括る。

「わかった。じゃあ、明日買いに行くぞ。朝一にここに集合だ。遅れたり来なかったら買い物はナシだからな」

「ん、わかったです」

「かしこまりましたっ！」

そう言って二人を帰す。それからデュポワが懇意にしている商会を紹介してもらおうとシオンは彼のもとを訪ねる。がしかし、残念ながらデュポワは不在のようであった。

仕方がないのでデュポワではなく家宰のゴードンに懇意にしている商会を紹介してもらった。

明日はそこに向かうことにする。商会の名はトルーマン商会というらしい。

道順と担当者を教えてもらい、翌朝に備える。そして、備え過ぎた結果、待ち合わせに一番最後に現れたのがシオンだった。二人はかれこれ、十数分はシオンを待っていたらしい。

「よし、じゃあ行くか」

「遅いです！」

「遅刻です」

二人の抗議を無視するシオン。こういうときはダンマリが正解なのだ。そう思って。こうしてシオンは二人を連れて商会へと向かったのであった。

◇　◇　◇

シオンは准男爵に叙爵された時に授かった指輪を嵌め、宝剣を腰から下げている。

この剣を下げる意味は二つある。一つ目は自身が貴族であることを証明するため。そしてもう一つが護身用である。

護身用であれば、普通の剣を持ち歩けばよいと思うかもしれない。だが、この貴族の証である宝剣であれば、公的な場所でもある程度は持ち込めるのだ。

普通、貴族の屋敷や商会の個室に通される場合、帯剣していたら預けなければならない。帝国の常識である。

しかし、この宝剣であれば預けずに済むのだ。何故なら貴族の証として皇帝陛下から賜った剣だからである。ただ、宝剣である。耐久力は期待できない。

シオンの右側にイン。そして左側にエメが並んでトルーマン商会へと向かう。なんというか、お使いという言葉がしっくりくる風景だ。

トルーマン商会は帝国の大手商会らしく、帝都のもっとも人通りの多い大通りの一角を占めていた。建物も四階以上はある。この時代にしては非常に大きな建物である。

「すみません。誰か居ませんか？」

「はいはい、おや、旦那。両手に花ですね。プレゼントか何かをお探しですか？」

丁稚《でっち》と思わしき少年が軽快な語り口調でシオンに語りかけてくる。少年の口は止まることを知らない。

シオンに花やら髪飾りやらを売り込んでいた。小さくても幼くても商人であることを嫌でも理解させられる。

「あー、いや、違うんだ。ベネットさんは居るかい？」

「はぁ。えーと、何方からの紹介で？」

「デュポワ大公閣下からの紹介だが」

「大公閣下の？」

疑わしい目を向けてくる少年。紹介状を貰ってくるんだった。そう後悔するシオン。

なんとか話を丸く収めることはできないか。そう考えたシオンはこう切り出した。

「まだ名乗っていなかったな。オレはシオン＝バレラード准男爵だ。准男爵が来たとベネットさんに伝えてくれるか？」

「し、失礼しました！　少々お待ちを！」

シオンはこれみよがしに指輪と宝剣を見せた。少年も察したようだ。首が取れそうになる勢いで頭を下げ、青白い顔をしながら、すぐさま裏へと走り込んでいってしまった。

少年が戻ってくるまで一階を見て回るシオンたち。

どうやら一階は大衆向けの商品を取り扱っているようだ。どれもこれも銀貨を出せば買える品ばかりだ。高価な品は上階にあるのだろう。

そんな風に辺りを見回っていると、先程の少年が落ち着いた紳士を伴って奥から現れた。その人物こそがベネットその人である。

「お待たせいたしました。私めがベネットでございます。閣下のお噂は伺っておりますよ」

「シオン＝バレラード准男爵だ。忙しいだろうに、突然の訪問をすまないと思う。その噂というのは良い噂かな？」

シオンがそう尋ねるとベネットは笑顔を浮かべるばかりであった。つまり、良くない噂ということである。それはシオンも自覚していた。というよりも、良い噂が立つ要素がない。

大公の孫娘を助けた英雄なんて祀り上げられるわけがない。

どちらかというと卑しくも無理やり貴族に捻じ込まれた下賤の者、という噂が尾びれ背びれ腹びれまで付いて吹聴されているに違いないのだ。

「ここではなんですし、奥でお話を伺いましょう。こちらへ」

ベネットはベネットで、デュポワから事前に知らせを受けていた。子飼いの貴族が買い物に向かうので懇意にしてほしいと。ベネットとしても新しい貴族と繋がりを持てるのは悪いことではない。

シオンたちを案内するベネット。二階を通過し、三階のある一室に通された。予想通り、二階には貴金属や魔石など高価な品々が並んでいた。

三階は商談のための小部屋が数多く用意されている階である。富豪や貴族に対する配慮だ。商会らしく、内装の細部にまでこだわってある。

「お待たせいたしました。では、改めて。私が当商会の会頭補佐代理のベネットにございます」

偉いのだか偉くないのだかわからない名乗りをあげるベネット。

実のところ会頭は六十を超え既に半ば引退の身。なので、実際は会頭補佐がトップとなっている。その代理なのだから偉くないわけがない。

「シオン＝バレラード准男爵だ。よろしく頼む」

簡単な挨拶をすませ、すぐに商談へと移る。シオンは無駄な世間話を嫌う質だ。そして、ベネットはそれを見抜いていた。

合理的、要領が良いと言えば聞こえは良いが、世間話のウィットも余裕もないと言われればそれまでだ。貴族として振る舞うなら余裕があるほうが好ましい。

「今日は何をお求めでしょうか？」

そう尋ねるベネットに答えたのはエメであった。彼女が自分の欲しいものをだらだらと羅列をする。ベネットはそんな彼女を一度制止して、机に置いてあるベルを鳴らした。すると、丁稚が一人、部屋の中に入ってきた。

「もう一度お願いできますかな？」

「わかった。鋤に鍬に紐に縄、鉈《なた》に鋸《のこぎり》にシャベル。臼にピッチフォーク、ガーデンナイフに籾《もみ》袋。それから――」

エメの欲は留まるところを知らない。丁稚はそれを一つも漏らさず記録していた。

エメの要件が終わると今度はインの番である。机だの椅子だの書棚だの欲しいものを羅列していた。

ただ、どれもこれも領を発展させるには必要なものである。

丁稚とイン、エメの二人が何度も言葉を交わす。欲しいものの擦り合わせを行っているようだ。これは相当額になりそうだとシオンは思った。自分で支払いせずに済んでホッと胸を撫で下ろす。ここの支払いを持っていたと思うと、寒気がする思いだ。

「バレラード准男爵閣下」

「なんだ？」

ベネットがシオンに呼びかける。そして別の部屋にシオンを誘導した。それは四階である。そこには魔石や名剣、宝石の類が厳重に管理されていた。流石は当代随一の商会である。

「こちらにはご覧の通り、高額の品々が並べられております。これから領地を運営なさるということですので、何かと必要かと。例えば……魔石とか」

ベネットはシオンの懐を全て空にしてやろうと思っていた。いくら新興貴族とはいえ、支度金をもらっているはず。その金を根こそぎ掠め取ろうとしているのである。

実際の支払いはデュポワになるのだが、ベネットにとってお金の出どころは関係ない。こちら側に転がりさえすれば良いのである。

「ふむ、魔石か。噂には聞いていたが初めて見た。確かに必要かもしれんな」

「でしょう。産水の魔石や光明の魔石、発火の魔石に防音の魔石、通信の魔石に更には収納の魔石まで取り揃えておりますよ」

シオンが魔石を見て回る。安いのは発火の魔石である。それでも大銀貨五枚の価格だった。シオンにとってみれば、ライターが大銀貨五枚。五万円もするのだ。阿呆らしくて仕方がない。

しかし、そこはシオン。ただでは転ばない男。一番高い産水の魔石を指差す。彼の心にも遠慮があったのか、一番小さな産水の魔石だ。

それでも一分間で一リットルの水を生成することができる。これは半永久的にだ。

これがどれだけの価値を持っているのか、この世界ではシオンだけが理解していた。飲料を手軽に入手できるのだ。行軍の手間が大幅に改善されるのである。

飲み水を巡っての戦が世界でどれだけ起きているか。こちらの世界にはそれがないのだ。

いや、他の者も理解はしているが、無意識のうちに産水の魔石とはそうあるものだと思い込んでいるのである。

その産水の魔石のお値段は、なんと大金貨五枚。親指ほどの大きさで日本円にして五百万円である。

また、収納の魔石にもシオンは興味を示していた。一番小さな魔石で価格は金貨四枚。他と比較して安く感じるが、収納量も少ない。一立方メートルも収納できないのだ。それでもありがたいのに変わりはないのだが。

魔石の効力は先に述べた通りだ。買わないという選択肢はない。

シオンは産水の魔石と発火の魔石、それから収納の魔石の合計三つを購入することにする。もちろんどれも一番小さい魔石だ。

「かしこまりました。これらも追加しておきましょう」

四階を見て回るシオン。名剣と呼ばれる類もここにあった。

しかし、その中にシオンの持っている太刀、志津三郎兼氏を超えるものはなかった。そもそも日本刀のような武器はない。

一通り見て回ると、三階では既に欲しいものを山ほど注文したインとエメの二人が満足そうな笑みを浮かべていた。商品が到着するのを今や遅しと待ちわびているのだろう。

ベネットが少年のメモに視線を落とす。そして算盤《そろばん》を持ってきて計算を始めた。何度も検算《けんざん》をしている。金額と品物の量が多いのだろう。そしてベネットはふぅと息を吐いてから告げた。

「しめて大金貨九枚と金貨五枚、大銀貨七枚に銀貨三枚でございます。端数はサービスとさせていただきましょう」

日本円にしておよそ一千万円の買い物である。魔石が高かった。

そんな買い物を目の前にシオンはしれっとこう述べる。必要な物はデュポワが買い揃えてくれる。そういう約束のはずである。

「そうか。じゃあ、それはすべてデュポワ大公に付けておいてくれ」

「……は？」

驚いた顔をするベネット。商売をしてきて初めてだろう。貴族に付けておいてほしいと言われたのは。まとめて末に後払いなどは何度もあった。しかし、付けておくのは初めてである。

「えーと……」

「品物をデュポワ大公の屋敷に運んでくれ。ああ、忘れてた。荷馬車と馬車馬も必要なんだった。それも追加して屋敷まで頼む」

シオンが良い笑顔で答える。この世界に来て一番の笑顔じゃないだろうか。

他人のお金でする買い物ほど楽しいものはない。シオンは後にそう語ったという。

最後にシオンはベネットに以下の物を揃えてほしいと伝えた。

椿油《つばきゆ》と白檀《びゃくだん》の櫛を二つ、それから銀の大衆向けのネックレスを一つ用意してもらったのだ。これはこの場で即金で支払う。といっても大銀貨数枚の買い物だ。大した金額ではない。

それからベネットに紙を用意してもらった。上質な紙にベネットが筆を走らせる。代筆だ。そのお陰でそれなりの手紙に仕上がった。それを懐にしまうシオン。

手紙の内容はベネットに筒抜けになってしまうが、そこは商人。相手が王侯貴族であったとしても、守秘義務をきちんと守る男である。

デュポワの屋敷に帰る。インとエメの二人が帰ろうとしていたので二人を呼び止めた。

そして手紙と椿油、そして白檀の櫛を持たせて家宰のゴードンにこう持ち掛けた。

「二人がロメリアお嬢様にご挨拶したいと。それだけさせてもらえないか？」

そう言われてしまっては断ることができない。素性の知らないものならいざ知らず、准男爵からのお願いだ。そしてシオンも自身が怯えられていることは理解していた。

なので、害のなさそうなインとエメにお願いしようと考えたのである。

最下級とはいえ貴族から貴族へのお願いだ。ゴードンには断れない。それに、この二人ならばロメリアに害をなさないだろうと直感的に判断していた。

「しょ、少々お待ちを」

ゴードンがロメリアの部屋に走る。シオンはその間に二人に感謝を告げること、そして手紙を渡すことを指示した。インに手紙を手渡す。

「ひゃ、ひゃい！」

「わかった」

インは大公の孫娘に会うとなって極度に緊張しているがエメは飄々としていた。エメは物怖じしないというわけではなく、農業の他に興味がないのだ。

一方その頃、ゴードンはロメリアの部屋を訪ねていた。今日、デュポワは登城してしまっている。ロメリア本人に確認するしかないのである。控えめにノックをするゴードン。

「お嬢様、ゴードンめにございます」

「如何しました？」

「シオン准男爵の家臣がご挨拶したいと。お世話になったお礼とのことでしたが」

この会話を扉越しに行う二人。ロメリアは頭に疑問符を浮かべていた。シオンの家臣を世話した記憶がないからだ。むしろ、シオンという名を聞いて恐怖すら覚えるほどである。

「その、家臣の方というのは？」

「可憐な少女お二人でしたよ。そこまで恐れる必要はないかと」

ゴードンはロメリアが何を心配しているのか手に取るように理解していた。なので、安心させるようにそう伝える。ゴードンとしてはロメリアに断ってほしくないのが本音だ。

貴族同士の挨拶を断るにはそれなりに理由がいる。ロメリアも社交的ではないとはいえ、挨拶くらいは受けていただきたい。そう思っていた。

ただ、大事なのは主君の気持ち。いざとなったら病ということにするつもりである。仮病は貴族の常套手段だ。

「わかりました。では、そのお二人をお連れしてください」

「かしこまりました」

ホッと胸を撫で下ろすゴードン。彼は急いでシオンのもとへ戻った。そして伝える。ロメリアが会うと述べたことを。その言葉を聞いてインに緊張が走る。

「ではお二方、こちらへ」

ゴードンに促され、指示される通りに歩き出すインとエメ。シオンはそそくさと自室に引っ込んでしまった。まあ、ここから先のことは彼には何もできない。

シオンは二人を信じて待つ。ただ、ここで失敗しても大きな害はない。ロメリアのご機嫌を伺えればそれで良いのだ。

シュティ大公の屋敷は勝手知ったるなんとやらである。シオンは手近に居た女中を呼びつけ、高級なワインを要求する。そしてこれからの展開を想像するのであった。

「お嬢様、お連れいたしました」

「入ってもらいなさい」

入室の許可を得て扉を開くゴードン。しかし、彼は入らない。入るのはインとエメの二人だけだ。

心配そうな表情を浮かべてゴードンを見上げるイン。ゴードンはただ微笑んでいるだけであった。

「し、失礼しますです！」

「失礼いたします」

入室する二人。ことここに至ってはエメのほうが頼りになるのだから不思議なものである。

彼女は興味がないだけで礼儀作法を学んでいないというわけではないのだ。

「あら、ゴードンの言う通り本当に可愛らしいお二人さんね」

ロメリアは二人を見るなりそう述べた。インは頭が真っ白になり、シオンに言われたことをやらねばと考えた結果、ロメリアに手紙を突き出した。

「あら、これを渡しに？」

何度も頷くイン。ロメリアは手紙を受け取り、中を開いて読み始めた。手紙の送り主はシオンである。そして手紙にはこう書いてあった。


〝ロメリアへ。この間は、お前を怖がらせ、恥をかかせて申し訳なかった。弁明をするわけじゃないが、デュポワ大公が先に約束を破ったということだけは言わせてほしい。

お前がオレに正当な報酬を支払うよう、働きかけてくれていたことは知っている。それには感謝しかない。

お陰でオレの人生も大きな転機を迎えた。礼を言う。ありがとう。だが、もう追手に追われるような真似は避けたほうが良いぞ。

最後にもう一つ、オレから頼みがある。目の前の二人の身嗜《みだしな》みを整えてやってくれ。道具は持たせ

である。ロメリアのこれからの人生に幸多からんことを。シオン＝バレラード〃

以上が手紙の内容であった。シオンがロメリアを不器用ながらも気遣っているのが如実に伝わる文章であった。流石のシオンもロメリアには悪いことをしたと思っているのだ。

「貴女たち、彼に持たされたものはあるかしら？」

「こ、こちらになります」

椿油と白檀の櫛、そして銀のネックレスを手渡すイン。ロメリアは軽く溜息を吐いた後、彼女の侍女を呼んだ。

シオンの心意気は買うが、油と櫛のみでなんとかできる髪ではないのだ。エメは特にそうだ。

「こちらへいらっしゃい。貴女たちの話も聞かせて」

侍女が準備をてきぱきと終わらせる。その間、ロメリアはインとエメ、二人の生い立ちについて詳しく尋ねることができた。

結論から言うと、二人とも平民中の平民。どちらかというと下民よりの平民であった。

インは孤児院の出で両親ともに不明。シスターに読み書きを教わり、勉学の才能を見出され学び舎で研鑽を積んでいたのだ。

対してエメは純然たる農家の出だ。小さいながらも土地をもって慎ましやかに暮らしていたそうだ。

そう、暮らしていたである。つまり、もう暮らしていないのだ。

突然、作物の実りが悪くなったのである。連作障害だ。しかし、その原因がわからなかったエメの家族は困窮し、エメは親兄妹と離れて暮らしているそうだ。

その原因を突き止めたい。その一心で彼女は学問の道を志したのだ。そして二年がかりで原因が連作障害だったことを突き止めるも時すでに遅し。家族の安否は知れぬ身に。

そこで自分のような境遇の子を減らすために農学を修めつつも、家族を探すために立身出世を狙っていたのであった。インも初めて聞くエメの過去であった。

「やっぱり家族に会いたいのね」

「いいえ、別に」

「え？」

ロメリアは両親と離別した自分の境遇と重ねてエメを慮ったが、エメから返ってきた言葉は意外なことに同意でも否定でもなく、どうでもよいであった。

「過去は変えられない。もう親も兄妹もどこにいるかわからないし、死んでいたとしても生き返らない。ただ、純粋にどうなったか私が知りたかっただけ」

「そう。強いのね、貴女は。私はどうしても過去にしがみ付いてしまうの」

ロメリアがエメのぼさぼさの毛を櫛で梳きながらそう呟く。インはエメよりも小綺麗にしていたため、侍女にあれやこれやと整えてもらっていた。実際は、ロメリアにやってもらうのが恐れ多いだけである。

「はい、できました。髪の毛くらい、ちゃんと梳かないとダメよ」

そう言って椿油と白檀の櫛をそれぞれに手渡すロメリア。そして銀のネックレスをどちらに渡そうか迷っていたその時、インから言葉を告げられた。

「そ、そそそそれはロメリア様がお持ちください！　我が主からの感謝の証でございましゅっ！」

「そう。ならありがたく受け取るわ」

上級貴族に安価な銀のネックレスで御礼といっても鼻で笑われるだけである。しかし、ロメリアは文句も言わず、笑顔でそれを受け取った。大人の対応だ。

そしてインは震えていた。勝手にネックレスをロメリアに差し上げてしまったのだ。いや、シオンは最初からそのつもりだったのだが、インに伝え忘れていたのだ。

インもそのために持たされたと勘付いていたが確証がなかった。怒られないか心配で今にも泣き出しそうだ。震える足で退室しようとする。

「大丈夫？　彼とはうまくやれそうかしら？」

ロメリアが思わず声をかけてしまった。インはそのロメリアの問いに自身の感覚をもって答える。そしてそれを信じると彼女は決めていた。

「はい、大丈夫です！　シオンさんは私たち平民にも優しいですし。シオンさんも平民の出だからですかね？　逆に名のある貴族のお家に勤めるほうが難しい気がしてきました。今ではこれが良かったのだと思っています！」

「そう。何かあったら力になるから。頑張ってね」

笑顔で手を振るロメリア。インとエメ、そしてロメリアの間に親しみ、親近感が生まれていた。

上級貴族と平民の間に絆が生まれたのだ。もし、シオンがここまでを狙っていたとしたら。真相は闇の中である。

# 第四章

## 【東暦　一〇〇五年　三の月　三一の日】

シオンたちは残りの十日間も人材探しに注力した。しかし、これ以上の人材を発掘することができなかった。だが、却ってそれで良かったのかもしれない。

人口たったの九百人しか居ない領地だ。役人が三人も居れば十分だろう。これ以上は過多になってしまうかもしれない。所謂ミニマムでのスタートである。

他にもデュポワ大公が遣わしてくれる使用人が一人二人付いてくるのだ。彼ら彼女らに手伝ってもらえば確実に仕事は回る。

准男爵など、所詮は貧乏貴族なのだ。余剰金もなければ遊ばせておく人材もないのである。

「これ以上は集まらんか」

「はいぃ。力及ばず、申し訳ないです」

「いや、別にインのせいではないさ。これ以上、ここでグダグダしていても仕方ない。さっさと領地に向かうとしよう」

ベネットの話では本日に馬車が到着する手はずになっている。シオンと垢抜けたイン、エメの三人はそれを今や遅しとデュポワの屋敷の前でそわそわしながら待っていた。

「今日発つか。寂しくなるのぉ」

「何を言う。内心ではせいせいしているくせに」

大公デュポワがシオンの隣に並んでそう述べた。シオンはそんな大公に物怖じせず軽口を叩く。

グレンダたちが遠くからシオンを睨み付けていた。生きた心地がしないのはインであろう。

「バレておったか。だが、孫娘を助けてもらった恩は忘れんぞ。永遠にな」

「生い先短いんだから、それくらい忘れずに覚えておいてくれよ。耄碌せずにな」

軽口を止めないシオン。ただ、シオンも馬鹿ではない。デュポワなら許してくれるという確信と、もし許されなかったとしてもグレンダたちはシオンを襲えないと踏んでの発言だ。

この場合、グレンダが避けたいのはデュポワの死である。そして隣にはシオン。彼であれば一瞬でデュポワを殺せるだろう。なので、迂闊なことができないのである。

「おっと、来たようだな」

遠くから屋敷に向かってくる二頭立ての幌馬車。到着するや否や、まずはインとエメが荷の確認に奔走する。自分が頼んでいた荷があるかどうかを確認しているのだ。

「シオン閣下、お待たせいたしました。こちらがお品物になります」

ベネットが箱を開ける。そこには小さな魔石が三つ並んでいた。右から発火の魔石、収納の魔石、産水の魔石となっている。きちんと作動するか確かめるシオン。

使い方は簡単である。産水と発火は魔石を力いっぱい握り込むだけである。それだけで手から——

というよりも握り込んだ魔石から――水が溢れ、小さな火が上がった。

「あちっ！」

「失礼。発火の魔石は摘まむようにお使いください。中央が発火いたしますので。さて、収納の魔石ですが、こちらは魔法陣を記載ください」

ベネットは魔法陣とシオンに告げたが、なんてことはない、魔石で地面に四角を描くだけである。時計回りに描けば収納、反時計回りに描けば取り出しである。

狙った品だけ取り出すなど器用なことはできない。入れるか出すか。なんとも男らしい魔石である。

シオンは三つの魔石の全てを確認し、ベネットから受け取る。

「シオンさん！　荷物全てありました！」

「私の荷物も全部ある」

「よし、じゃあ出発するか。乗り込みな」

二人は小さな身体を荷馬車の空いているスペースに滑り込ませる。荷がいっぱい過ぎて荷馬車の中で横になることもできなそうだ。ただ、自分たちの荷物に埋もれ、二人は幸せそうであった。

シオンは無慈悲にも二人の荷物を収納の魔石に仕舞い込み、馬車の中にスペースを作り出す。

「シオン閣下、代金を」

「ああ、そうだったな。おい、じいさん！」

ベネットは驚愕する。大公デュポワをじいさん呼ばわりできるのは世界広しといえどシオンだけだろう。そしてシオンはこう言うのだ。

「じいさん、約束通りここの支払いもまとめて頼むわ」

それだけを言い残しシオンは馬車に乗り込む。そしてデュポワが金額を確認しているうちに拙い技術で馬を走らせた。デュポワの声が聞こえるが、それもお構いなしに。

段々とデュポワの声が離れていく。それが旅立ちの印であった。

◇◇◇

このままバレラードに向かうと思いきや、シオンは帝都を出ずに街外れへと向かった。これからの長い道中を安全に移動するため、傭兵を雇おうというのである。これは賢明な判断だった。

帝国内を高価な荷物を持って長距離移動する危険性をシオンは理解しているのだ。シオンは守る側であったし、ごく稀に襲う側も経験していた。

幌馬車を表に止めて中に入る。シオンが入ったのは古惚《ふるぼ》けた酒場であった。

酒の匂いが充満していた。その場に居合わせた誰も彼もが激戦を潜り抜けた猛者の顔つきであった。

シオンはこの店に入るのは初めてだが、噂には聞いていた。帝都の外れに各地の傭兵団御用達の酒場があると。そこには質実剛健《しつじつごうけん》な傭兵団のお偉方が集まっていると。

「よう、紫の。久しいな。相棒はどうした?」

シオンがマスターに話しかけようとした時、一人の女性がシオンに話しかけてきた。

紫の、というのはシオンのことだ。五十を超え、髪を後ろでポニーテールにまとめている風格のある女性であった。

その女性がグラスを傾ける。シオンも知り合いを見つけて安堵しながら女性に近寄った。この女性こそ、傭兵団ミゼラブルの団長であるベルグリンデその人であった。

「久しいな、ベルグリンデ。あんたとともに護衛の任務をしていたころが懐かしいよ。ってか、相棒って誰のことだ？」

「惚けるんじゃないよ。アンバーのことさね」

「だから相棒じゃないって言ってるだろ。ビジネスパートナーだ。そして利害が合わなくて別れた」

シオンはベルグリンデにこれまでの経緯を伝えた。ロメリアを助けるかどうかでアンバーと意見が対立し、チームを解散したこと。そして、そのお陰で領地を与えられて貴族になってしまったことを。

最後に与えられた領地に向かうために護衛が必要なことを話した。それを聞いてベルグリンデはシオンがここに来た理由を理解した。

「成る程ねぇ。いくら払えるんだい？」

「金はあるが節約したい。バレラードってとこなんだが、十人ばかし借りたい。いくらになる？」

「バレラード！　こりゃまた外れを引いたねぇ。昔の誼《よしみ》ってことで安くしといてやるよ。日当で一人大銀貨二枚だね」

大銀貨二枚と聞けば高値に聞こえるかもしれないが命を張る護衛の料金だ。そう考えたらそこまでの金額ではない。

また、食料などは依頼者持ちである。なので食いっぱぐれがないのも傭兵からしてみれば有難いだろう。そのため、実力もないのに傭兵になる馬鹿が後を絶たないのだが。

「わかった。それで手を打とう」

「毎度あり。すぐに出るかい？」

ベルグリンデの問いに頷くシオン。その答えを見てベルグリンデは一人の団員を呼び付けた。

その者はコラリーという女性である。しかし、返ってくる声は芳しいものではなかった。

「コラリー。アンタ適当な奴を十人ばかし集めてコイツに付いていきな」

「えー、アタシがっすかぁ。ダルいなぁ」

ショートカットの髪の毛をガシガシと掻きながら大きく伸びをするコラリー。二十代半ばくらいのその女性は良く言えばラフな格好、悪く言えばだらしのない格好で体勢を変えて目を閉じる。

「口を動かす前に身体を動かしな！」

「わかったわよぅ」

渋々と動き出すコラリー。動きは重く、一般人からしてみれば本当に戦えるのか不安に思えてくる。シオンもそんな目をしていたと思われたのか。ベルグリンデが口を開く。

「あんな奴だけどね、実力は保証するよ。紫の、アンタなら上手く扱えるだろ？」

遠回しに厄介者を押し付けられているのではと勘繰るシオン。それならばもう少し安くしてもらいたいものである。だが、なんとかかと鋏は使いようだ。

「馬車には乗れないぞ」

「歩かせるよ。馬車の速度なんざたかが知れてるだろ？」

通常の馬車の速度は徒歩よりもやや速い程度の速度だ。三割増し程度だろう。それであれば徒歩でも対応できるとベルグリンデは考えているようだ。

「良い機会だ。アンタが鍛え直してくれてもいいんだよ？」

「だったら別で料金貰うぞ？」

「粗相があれば傭兵の契約に基づいて請求してくんな」

そう言って笑い合うシオンとベルグリンデ。それからコラリーたちの準備が整うまで、シオンたちは酒場で時間を潰した。その時間、三十分程度だろうか。

「じゃー、行きましょーかね？」

コラリーが十人ばかしを連れて戻ってきた。誰も彼も装備をしっかりと身に着けている。そこからシオンはしっかりと統率がとれるのだと判断していた。

ベルグリンデの部下だ。最低ラインはクリアしてるはず。シオンはそう思っている。

「世話になったな。ベルグリンデ」

「金さえ持ってきたら、また世話してやるよ」

「なら、金が貯まった頃に声をかけるよ。じゃあな」

軽口を言い合ってから立ち去るシオン。その横を歩いているインがシオンにこう尋ねた。

「シオンさん。なんであの女性はシオンさんのことを『紫の』って呼ぶんですか？」

「まあ、ニックネームだ。名前の由来を聞かれてな。紫の花だと答えたらそう呼ばれるようになったんだ」

「ほえー」

「似合わないだろ」

　自嘲気味に笑いながら馬車に戻る。そこではエメがぼーっと寝ぼけ眼で待っていた。どうやら朝が早かったため、眠たいようだ。シオンは彼女に話しかける。眠たいのならば寝てていいぞと。

　そして感じる。シオンは違和感を覚えていた。幌馬車の中から漂う違和感。何が違うのかと問われたら言語化することはできないのだが、何かがおかしいと感じていたのだ。

「エメ、こっちに来い。インもだ」

　そう言って剣ではなく刀を抜くシオン。何かわからないということは、襲われるかもしれないということだ。杞憂であればよいのだが。そう思いながらシオンは使い慣れた刀を構え、歩を進める。

「待った！　ちょっと待った！」

　幌馬車の奥から一人の少年とも少女とも見分けがつかない中性的な顔立ちの子が飛び出してきた。敵意がないことを主張するため、両手を上げて飛び出してきたのだ。

「なんでオレたちの馬車の中にいるんだ？」

「それは、そのー、あー、えーと、あはは、なんでだろ？」

　笑って誤魔化そうとするその人物。ただ、シオンがそんな言葉で流されるはずもなく、無慈悲にも刀で脅し、そしてこう告げた。

「オレはシオン＝バレラード准男爵だ。その貴族の馬車に忍び込むとは良い度胸だな。何をしているか話してもらえないのは非常に残念だ。理由がわからない以上、どうなるか理解できるな？」

容赦なく脅しと圧をかけていくシオン。そして彼は本気だ。それを感じ取ったのか、シオンの目の前の人物はあっさりと全てを白状し始めた。

「ご、ごべんなざいぃぃー。盗ぶだめにはいりごみまじだぁー。い、いのちだけは、命だけはお助けをぉ」

あっさりと白状する。シオンはインとエメに命じてこの盗人を簀巻《すま》きにした。それを確認してから刀を納める。問題は、この盗人をどうするかだ。

「お前、名前は?」

「ココ」

「何歳だ? 親はどうした?」

「十六歳。親なんて居ないよ」

聞けばココは天涯孤独の孤児であった。この世の中を生き抜くために悪いことはなんでもしていた。主に盗みにそれから盗み、そして盗みなんかを。

「そうか。ま、今回は未遂とはいえ現行犯だ。さらに貴族の馬車から盗もうとした。イン、これを法に当て嵌めたらどうなる?」

「えーと、盗んだ腕を切断。それから額に罪人の刻印と奴隷落ちですね」

そう聞いて声にならない声を上げるココ。シオンはそうかと短く答えると、エメに衛兵を呼んでくるよう伝えた。いや、伝えたかったというほうが正しいかもしれない。

「エメ。衛兵を――」

「ちょ、え、待って待って！　聞いてた⁉　聞いてました⁉　腕をちょん切られて、こんな可愛い私が性奴隷にされちゃうんですよ⁉」

誰も性奴隷とは言っていない。だが、ココの中では自分は可愛く、それゆえに奴隷となってしまったら必然的に性奴隷になってしまうと思っているのだろう。

「だとしても別にオレには関係のないことだろ。自業自得じゃないのか？」

そのシオンの一言がココの心に突き刺さる。ココはシオンの言葉に反応してしまった。

何も彼女が望んで盗みを働いて生計を立てているわけではないのだ。そうするしかないから、それしか選択肢がないのである。

「いいですよね。お貴族様はっ！　生まれながらにして人生が薔薇色なのが確定じゃないですかっ！私たちの苦労なんて全く理解できないのでしょうねっ！」

「貴方は一つ勘違いをされてます！　シオンさんはご自身の力で貴族になられたのです！　親の脛を齧っている他の貴族とは違いますよっ！」

インがココに食ってかかるようにそう述べた。その言葉に衝撃を受けるココ。更にインは自身の知っているシオン知識をこれでもかと見せびらかすように話した。

「シオンさんは天涯孤独の身でありながら傭兵稼業に身を窶し、巡ってきた好機をモノにして帝国から准男爵に任ぜられた素晴らしいお方なのです！」

ただ、シオンとココには異なる点がある。バックグラウンドが異なるという点だ。

シオンはきちんと基礎教育を済ませており、武術の鍛錬も欠かさず十年以上、行っていたのだ。その差は大きい。

このインの言葉を聞いて黙り込んでしまうココ。シオンは黙って二人のやり取りを聞いていた。そして、どう動くのが利となるか考える。

この場合の利とはインとエメ、二人からの好感度である。領内統治を行う上で重要なのが団結、一体感なのだ。シオンに付いていっていいと思わせなくてはならない。

「イン、どうするべきだと思う？」

「え、私ですか？」

「そうだ。領内でも同様の窃盗事件があった場合、インはどうするつもりなんだ？」

シオンは全てを任せると伝えた。ならば、判断を下すのはインなのである。インはココの顔をじっと見る。ココは泣きそうな顔でインを見ていた。

「やはり奴隷落ちはさせましょう。腕を切断すると奴隷の買取価格が下がります。なので、腕の切断だけは勘弁してあげる、というのは如何でしょうか？」

インの回答を聞いて愕然とするココ。縋るような目でシオンを見る。シオンは再び脳内である計算をしていた。もちろん、どう上手く立ち回るかという計算である。

このままココを売り飛ばした場合、孤児の少女だ。二束三文にしかならないだろう。いや、少女だから好事家には売れるかもしれない。もう少し高値で売れるが、たかが知れている。

それならば、自分の手駒に加えてしまったほうが良いかもしれない。シオンが気にしているのは少女がどれだけ有用な技術を身に付けているか、という点だ。

「ココと言ったな。盗みはどれくらいやってるんだ？」

「えと、かれこれ十年はやってますです！」

「解錠はできるか？」

「海老錠《えびじょう》とか簡単な鍵ならお手の物です！」

鍛えれば使えるようになるかもしれない。これがシオンの率直な感想だった。盗賊としても使い道があるだろうし、斥候としても使えるかもしれない。そう思ったのだ。

「わかった。インの言う通り、こいつは犯罪奴隷として売り払おう。いくらで売り払えると思う？」

ココはシオンのこの言葉を聞いて涙が溢れて止まらなかった。

一度も失敗したことがなかったココ。初めての失敗がこの場だったのだ。今まで失敗をしなかった、それが彼女の敗因だろう。

「そうですね。大銀貨二、三枚にでもなれば儲けものじゃないでしょうか」

三万円になれば良いほうと言ってるのだ。それがこの世界を表していると言っても過言ではない。犯罪者は収監ではなく売買なのだ。そして使い古される。そうしてインフラが成り立つのだ。人道や人権なんて有る訳がない。

そういう道を自分で選んだのだ。いや、ココのように選ばざるを得ない人間もいる。しかし、これぱっかりは仕方がない。親を選ぶことはできないのである。

「わかった。じゃあ、オレが大銀貨二枚で買おう。それでいいか？」

「「え？」」

二人の声が協和した。シオンはインとエメのそれぞれに大銀貨を一枚ずつ支払う。これでココはシオンのものである。シオンはココにこう尋ねた。

「さて、これでお前はオレのモノとなったわけだが。オレの手足となって働くのと奴隷商に売り飛ばされるの、どちらが良いか、選ばせてや――」

「シオン准男爵閣下に付いていきます。付いていかせていただきます！　どうぞ、こき使ってください。なんだったら夜のお世話も頑張ります」

シオンの言葉全てが言い終わる前にココが全力でシオンに媚びてきた。奴隷という立場はどちらにしても変わらないのだが、それでもシオンのほうが話がわかると思ったのだろう。

「そろそろ出発してもいーかい？」

傍から様子を眺めていたコラリーが終わったであろう頃合いを見計らってシオンに話しかけた。団員たちはシオンたちのやり取りを微笑ましく見ていたのだ。

「ああ、悪かったな。じゃあ出発するか。荷物は荷馬車の空きに放り込んでくれ。あとコレも入れとけ」

ココを簀巻きのまま幌馬車に投げ込む。こうして、ココがシオンの仲間になったのであった。

## 【東暦　一〇〇五年　四の月　一の日】

帝都を出発し、一路北に進路を取るシオン一行。一日に歩く距離は三十キロだ。東京駅《とうきょう》から横浜駅《よこはま》までの距離を毎日歩いていると思ってもらえば想像が付くだろう。

そして三百キロ離れたバレラード地方を目指すのである。言わば歩いて東京から仙台《せんだい》に向かっているのだ。たったの十日で、である。

これがインやエメのような歩き慣れていない、身体を動かし慣れていない者であれば地獄でしかないだろうが、彼女たちは荷馬車に放り込まれている。歩いているのは傭兵たちだ。

シオンはココも歩かせていた。何も彼女を虐めているわけではない。斥候としての技術を身に付けさせるためである。コラリーにその基礎を叩き込ませていたのである。

斥候が持ってくる情報が一番大事と言っても過言ではないのだ。先手を取れるか取れないか、部下が生きるか死ぬかは斥候にかかっているのである。

相手の位置が判明していれば作戦を練りやすい。情報は大事な武器なのだ。

それから二日、三日と過ぎていく。この辺りは比較的治安も良い。帝都に近い領地は上級貴族が治めている。彼らが賊を見過ごすわけがない。沽券に関わるのだ。

辺境に行けば行くほど賊が出ると思ってもいいだろう。そしてシオンが向かうのは最北の地である。七日目以降が正念場だとシオンは考えていた。

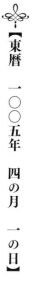

たとえば領地の近くに賊のアジトがあるかもしれない。もし、領地運営に仇名す輩が跋扈《ばっこ》していたら、それもどうにかしなければならないのだ。

ここでベルグリンデの言葉が思い出される。彼女は『上手く扱え』と言っていた。そう。上手く扱えれば良いのである。ただ、どう誘導すれば周囲の賊をコラリーたちに潰してもらえるのかがシオンには思いつかなかった。

そんなことを考えているうちに四日目、五日目を過ぎていつの間にか残す距離も半分となっていた。この辺りから道中の安全が徐々に怪しくなってきていた。

季節は初春。まだ日は短い。夜に奇襲を受けたらひとたまりもない。ルート選びが大事になってくる。

奇襲を受けないよう、森や山、谷などの周囲を見渡せない地形を通らない道を選ばなくてはならない。

シオンとコラリーの二人が地図を見ながらルートを決める。地図はもちろんデュポワから拝借した（書き写させてもらった）ものである。

地図のような高価で戦略的価値の高いものをシオンが持っているわけがない。

「遠回りになるが山を迂回してバレラードに入ったほうが良くないか？」

「それだとアタシたちが残業する羽目になるじゃないか。山を越えてさっさと終わらせようよ」

「山だと戦闘になる可能性があるぞ。そのほうが残業よりダルくないか？」

シオンとしては本音を言えば賊を倒したい。倒したいのだが、荷を安全に運びたい気持ちもある。

今回は荷を安全に運ぶほうを優先したようだ。しかし、その提案をコラリーが一蹴する。

「可能性じゃん。出ると確信しているならまだしも、出ない可能性もあるんだから山を突っ切ったほうがいいって！」

「わかった。それで構わないが、もし荷駄に何かあった場合はわかってるな？」

頷くコラリー。もし、これで被害が出た場合、コラリーが責任をもって補填しなければならないのだ。彼女が強情を張ったのだ。当然である。

なので、普通の傭兵ならば保険を掛ける。保険をかけて安全な道を提案する。そして雇い主が無茶を言う場合、補填の対象外になる旨を伝えるのだ。

これがベルグリンデと話していた傭兵の基本的な契約である。なので、基本的には護衛の任務であれば雇い主に従っておいたほうが得なのだ。そして、雇い主が選んだルートが危険だった場合、彼らを見捨てて逃げ去るのだ。

しかし、今回はまったくの真逆である。傭兵であるコラリーが早く終わらせたいがために、無茶なルートを突き進もうというのだ。なんともおかしな話である。

「はぁ。そこまで自信があるなら最短距離で行くか」

「ん」

シオンは最短距離の山道を通ることに同意した。実際問題、迂回した場合は距離が長くなるのだが高低差がない分、到着時間は山道とそう変わらないのである。

二人にはそれを導くための知識、知恵がなかった。

標高千メートルに届かない山を越える。兵庫《ひょうご》の六甲山《ろっこうさん》を越えると思ってもらって構わない。しかも、現代のように舗装されていないのだ。

シオンとコラリーは馬車がなんとか通れるほどの獣道を突き進む。

「ココ」

「はいはーい！」

シオンがココを呼び出す。元気よく飛び出すココ。インやエメと仲良くなり、すっかり元気になっているようだ。

そして、最終試験と言わんばかりにシオンはココにこう命じた。山賊や盗賊の類が居ないか見て回ってくれと。

「もし、居た場合は？」

「その時はオレたちのところまで誘導してくれて構わないぞ。近くに賊が居たら安心して寝られないだろ？ ああ、ただその場合は賊が居ることをオレたちにだけは予め伝えてくれよ」

「かしこまり！」

それだけを言い残して森の中に駆け込んでいくココ。そして走りながら考えるココ。コラリーにも無暗に突っ込むなと叩き込まれていた。自分ならどこをアジトにするだろうか。ココは考える。

アジトは周囲を見渡せる山頂に置く。そう結論付けた。その位置だと、帝国を北上する場合でも南下する場合でも山を降りるまでに対応することができるのだ。

賊は見通しの悪い山中で仕掛けたいはず。彼女はそう考えたのである。

山の中を先行して走るココ。といっても、彼女も体力があるほうではない。別に鍛えていたわけではないのだ。これは今後の課題である。

息を切らせて山頂へ登った。時間は既に夕暮れ時だ。近くの大木に登って周囲を俯瞰した。すると、ある一か所から煙があがっているのがわかる。

煙が立ち上る。つまり、何かを燃やしている。煮炊きしているということだ。それは人がいる証拠である。近寄って確かめるべきか。それともこの状況下でシオンに報告に行くべきか。悩むココ。

決断する。近寄って大体の人数を把握してからシオンに報告に戻ろうと。そしてたくさん褒めてもらおうと。

いわば打算である。するすると木から降りたココはそのまま煙の方角に走っていく。そして案の定、いとも簡単に賊に発見されてしまった。

それもそうだ。彼女が斥候として動き始めたのはたったの五日前からなのだから。これで狼煙を発見しただけでも斥候としては才能があると言えるだろう。

問題は、今をどうやって乗り切るかだ。見つかった以上、走って逃げることもできたが、彼女はそれをしなかった。いや、できなかったというのが正しい。何故ならば既に体力が底をついていたからだ。

「お前、見ねぇ顔だな。こんなとこで何やってる？」

「あ、ああ。ちょっとお前たちの協力を得たくてやってきたんだ。うまい話がある。乗らないか？」

ココは男のフリをして山賊の見張りに返答した。内心は心臓が飛び出るほど緊張しているココ。口八丁で乗り切ろうとしているのだ。

「うまい話だと？　それはお前をひっ捕らえて奴隷として売り払うよりも良い話か？」

「もちろんだ。オレなんか売り払ったところで銀貨一枚にもならないだろ。それよりも何人いる？」

「二十人だが、それがなんだってんだ？」

「よし。それならばなんとかなるか。いいか、今お貴族様がこの山を通って北上している。その幌馬車には荷がわんさかと積まれているそうだ。どうだ、一緒に襲わないか？」

訝しんだ目でココを見る山賊の見張り。見張りは人を呼び、今のココの話を仲間に話した。集まってきた山賊の仲間もココを怪しんだ目で睨み付ける。

「おい、ちょっと誰か確認してこい。話はそれからだ」

一番下っ端であろう男がココの示した方向に駆けていく。それまでココは待機だ。それから山賊たちに生い立ちを聞かれたので正直に告げる。孤児であり、今までは盗みを働いて生き抜いてきたと。

この山賊の誰も彼もが似たような食い詰め者だ。

ただ、山賊の頭目だけは違った。彼は元々騎士だったのだが、素行の悪さが祟って没落し、仕方なく山賊に身を窶していた。なので、彼は貴族に対し、人一倍の恨みを持っている。逆恨みだ。

「おい、若いの。本当に貴族なのか？」

「間違いない。宝剣を持ってるのを見たんだ。ありゃ、相当の金持ちですぜ」

三十半ば過ぎの屈強な頭目に話しかけられ、応対するココ。若干ノリノリである。知り過ぎていたら怪しまれるが、知らな過ぎても動いてくれない。この塩梅が難しいと思っていた。

「親方！　本当に幌馬車の一団がいやした！　貴族かどうかはわからねぇですが、周囲を十人ばかしの傭兵で固めてます！　ありゃ、幌馬車に何か積んでありますぜ！」

戻ってきた下っ端が頭目に報告する。頭目は手を顎下に持っていき、ゆっくりと何度も撫でた。どうするか考えているようだ。

「おい、お前はこの情報料として何が欲しいんだ？」

「分け前を貰えればそれで。言い値で結構ですぜ」

ココは下手に出る。彼女など、頭目の胸三寸でどうにでもなってしまうのだ。ならば、頭目に委ねてしまったほうが良い。そう考えたのである。

「そうか。それは殊勝《しゅしょう》な心掛けだ。今後もそうやって生きていけよ。考えといてやる。さて、じゃあ手早く襲って一杯やるとするか！」

どうやら襲うことを決めたようだ。そうと決まれば善は急げ。今夜に決行するという。雄叫びを上げる山賊たち。ココはこの声がシオンに届いていることを願うばかりであった。

◇◇◇

一方その頃、シオンはココの帰りが遅いことを不安視していた。考えられるのはココに何かトラブルがあったか、それともココが逃げ出したということ。

しかし、彼女には行く当てがない。だから逃げ出したとは考えにくいのだが、それでも嫌になったのだろうかと、内心では大きく凹んでいた。

そんな思いを抱きながら夜になる。野営の準備をする一行。あえて火を使った料理を作った。もし、ココが迷子になっていたら合流できるように。

晩御飯は根菜や葉物の簡単な野菜のスープと黒パンだ。対するコラリーたちは周囲を警戒していた。山は見通しが悪い。いつ襲われるかわからないからだ。

「イン、エメ。お前たちは幌馬車から出るんじゃないぞ」

「はい」

「ん、わかった」

二人にスープを渡しながらそう伝えるシオン。山では何が起きるかわからない。それはシオンもこの世界で身をもって体験していた。死にそうな目にも遭っているのだ。

そして襲うのならば深夜、いや明け方であると想定していた。明け方の利点は守備側が夜通しの見張りで疲弊していること、そして攻め手がある程度の明るさにより視界が確保できることがある。

「コラリー、オレは仮眠をとる。任せたぞ」

「あいあい」

シオンは馬車の下に潜り込んで眠る。経験上、ここが一番安全だったのだ。

幌馬車の中は荷物が多く、狙われやすい。そのためシオンが安全に眠る場所を確保できない。平らで安全なのは馬車の下のみだ。

シオンは仮眠をとる。愛刀を抱きかかえながら。

数時間後、夜がまだ深い時間にシオンは目を覚ます。馬車の下から這い出て空を見上げる。時間はおよそ深夜二時頃だろう。

傭兵の半数が眠っていた。もし、山賊にこの姿を見られていたら今襲われるだろうな。シオンは溜息を吐きながらそんなことを考え、周囲に目を配る。そして見つけた。ココの姿を。

どうやらシオンに見つけてもらえるよう、最大限の努力をしていたようである。

それと同時に彼女の傍にガラの悪い男の影を見ると全てを察するシオン。どうやら上手く山賊を誘き寄せてくれたようである。

「コラリー、起きろ」

「んんん？　なんだい。夜這《よば》いするにはちょっと遅いんじゃないかい。まあ、お金さえ払えば相手してあげてもいいけど」

「そんな冗談を言ってる場合か。囲まれてるぞ」

シオンはバレないよう、コラリーに顔を近づけ、彼女の胸に手を当ててそう呟いた。これは山賊を騙すための策だ。コラリーに襲い掛かる振りをしたのだ。コラリーも周囲を窺う。

「ああ、確かに居そうだねぇ。アタシとしたことが迂闊だった」

「今からオレに襲われて抵抗する振りをして周囲の馬鹿どもを起こせ。奴らは今にも飛び掛かってくるぞ」

そう言うとコラリーはにやりと笑って金切り声を上げた。そしてシオンに平手打ちを食らわせた。

全員が驚き目を覚ます。これには山賊たちも驚いただろう。

ワラワラと傭兵たちがシオンとコラリーのもとに集まってきた。シオンは頬を押さえている。何もここまでしろとはシオンも思っていなかった。

「お前たち、お客さんだ。抜かるんじゃないよ」

集まってきた仲間に小さな声でそう指示する。それだけで彼らは事態を飲み込んだ。そして気づかれないよう、周囲を警戒する。流石はベルグリンデが鍛え上げた傭兵たちだ。

「何人いると思う？」

「二十人はいるんじゃないか？」

「一人で二人を相手するのか。骨が折れるねぇ」

「だから平地を行こうぜって言ったんだよ。おわっ！」

コラリーに突き飛ばされるシオン。これも演技だと思いたいとシオンは考えていた。この一連のやり取りに違和感を覚えたのは山賊の頭目であった。

何かがおかしい。それもそうだ。突然、傭兵たち全員が装備を整え、武器を手に取り始めたのだから。もちろん武器の手入れは傭兵として大事な仕事だ。しかし、全員が行うのはおかしい。そう思っていた。

その違和感から今日の襲撃を止めようとする頭目。しかし、悲しいかな。彼らは山賊である。軍隊ではない。統率が取れていないのだ。

山賊の頭目は手下を統制できずにいた。要するに、山賊の頭目を舐めている輩も混ざっているということだ。所詮はお山の大将である。

制止の情報が全員に行き渡る前に山賊の一部がシオンたちに襲い掛かってしまったのであった。

「敵襲っー！」

傭兵の一人が声を上げる。ただ、襲い掛かってきた山賊はたったの七人。このままであれば山賊はただ無残に殺されて終わりだ。数も練度も傭兵とは違い過ぎる。

頭目は判断を迫られる。このまま攻め込むべきか。それとも見捨てるべきか。もし、見捨てた場合、山賊たちからの信頼に翳りが生じてしまう。仲間は見捨てられない。

かといって勝てるかと言われたら怪しい部分がある。それが頭目の判断を鈍らせていた。しかし、早く攻め込まなければ仲間が殺されて終わりである。

「頭目！　行きましょう！」

周囲の山賊が頭目を急かす。こうなってしまっては攻め込むしかない。

幸い、腕の立つ傭兵は頭目の目から見てリーダー格の女性一人だ。彼女を無力化すれば勝機はある。そう考えていた。

「行くぞ、野郎ども！　お貴族様から根こそぎ奪い取ってやれ！」

「「「応っ!!」」」

勢い良く飛び出す山賊たち。既に飛び出していた七人のうち、四人は傭兵たちに殺されていた。

インとエメはというと、幌馬車の中で小さくなって震えている。彼女たちにとっては初めての命のやり取りである。恐怖を感じないわけがない。

山賊二十人と傭兵十人の乱戦となった。数的優位なのは山賊だが地力に勝るのは傭兵だ。

互いにさっさと勝負をつけようと思ったのか、両軍のエースである山賊の頭目とコラリーがぶつかる。しかし、これではコラリーも部下に指示を出すことができない。

山賊はそもそも統率なんてあってないようなものである。しかし、傭兵は違う。依頼人を守らなければならないのだ。

コラリーを手早く処理して幌馬車を奪うのが頭目の狙いだ。しかし、ここに誤算が一つだけあった。そう。シオンの存在である。傭兵も依頼人を守る必要なんてなかったのだ。

頭目はシオンを腰に下げている宝剣から貴族だと判断し、軽視していた。しかし、この中で一番強いのは間違いなくシオンである。彼は太刀ではなく剣で山賊をたった一刀のもとに処断していた。

頭から血飛沫をあげて倒れる盗賊。シオンは倒れ込んだ盗賊の持っていた剣を手に取ると、手近な盗賊にそれを投げつけた。

「おわっ！」

盗賊がそれを避ける。避けて隙ができたところを斬りつけられ、血を流しながらビクンビクンと痙攣したかと思うとそれ以降、動かなくなってしまった。

一対一でシオンに敵う者はここにはいない。一人、また一人と山賊が減っていく。山賊の頭目の企みは、奇しくもシオンたちに有利に働くのであった。その事実に焦る頭目。

「どこ見てんだい？　余所見を許すほどアタシは甘くないよ？」

心を乱された頭目。思わず視線を切ったその時、コラリーの剣が頭目の腹に深く突き刺さった。

鎧の隙間を丁寧に突いた一撃。致命傷である。これを放置すれば死は免れない。

シオンが雑魚を片付け、コラリーが頭目を仕留める。傭兵たちは手を抜かない。最後の一人の山賊

まできちんと首と胴を物理的に隔離していた。

太陽が顔を出し、辺りを照らし始める。地面を確認すると、山賊の血で赤く染まっていた。シオンはインとエメに終わったことを伝え、それから後始末が終わるまで外に出るなと注意した。

「それから良くやったな。ココ」

「へへ」

照れるココ。彼女はシオンに言われた通りの任務を綺麗にこなした。途中、危ない目にも遭ったが結果だけを見れば上出来だろう。

シオンは真っ赤に染まった手でココを撫でる。彼が赤く染まったのは、山賊の返り血を大量に浴びたからだ。

「ココ、アジトの場所はわかるか？」

「もちろん！」

後始末をコラリーに任せ、シオンはココに山賊のアジトまでの案内を頼む。

理由はもちろん、山賊が貯め込んでいるお宝を拝借しようというのだ。

しかし、彼が望んでいるようなお宝など、この場にはない。

食い詰めの山賊がどれだけの宝を残しているというのだろうか。

せいぜい、大銀貨と銀貨が十数枚ある程度だ。それで良しとするシオン。

戻るとコラリーたちが山賊の身ぐるみを剥いでいた。これではどちらが山賊かわからない。

ただ、武器も金属である。売れば多少の金にはなるだろう。

「全く、散々な目に遭ったわ」

「同感だ。それよりコラリー、こいつを見てくれ。どう思う？」

シオンは新品だった幌馬車を指差す。ボロボロに傷つけられた幌馬車がそこにはあった。

この状況で雨でも降ったら、中の荷まで大惨事になることは確定だ。

そして、その責任はコラリーにあるとシオンは言いたいのだ。

「いやいやいや！　それは違うでしょ！」

「違わないだろ。ああ、だから平地で行こうって言ったのに」

あからさまに落胆するシオン。コラリーも事前に同意してしまっている以上、反論はできない。

そしてシオンはこうなることがを予想していた。それでいて、あえて止めなかったのだ。嫌な男である。

幌馬車の弁償は確定。このままだと中の荷まで弁償しなくてはならなくなる。この道を選んだのは楽をしたいと思ったコラリー自身なのだ。

そしてシオンはコラリーにお灸を据えてほしいとベルグリンデが望んでいたと推測していた。実力はあるがリーダー、隊長としての振る舞いが芳しくないと思っていたのだろう。

「わかったわよ！　なんとかすればいいんでしょ！　なんとかすれば！」

そう言って服を脱ぎだしたコラリー。そしてその着ていた服で穴の開いた箇所を覆って塞ごうというのだ。しかし、布面積が全くもって足りない。

「ちょ、バカ、おま、何やってんだよ！　やめろっての！」

シオンがコラリーを制止する。まず、自分の服を脱いで繕う前に山賊から奪った衣服で繕うのが先ではないのだろうか。

「何よ！　どうせ難癖付けて請求する気でしょ！」

「そんなことはしないって！　な、これが良い教訓になっただろ。幌馬車の幌の費用だけでいいから。な？」

コラリーを宥めるシオン。どうして年下のシオンが年上のコラリーを宥めなければならないのだろうか。自暴自棄になるコラリーを見てシオンはげっそりする。

全員でとりあえず幌の補修をする。それで半日が過ぎてしまった。

やる気の下がったコラリーを連れてバレラードに向けて歩を進める。あとは山を下るだけだ。

そうして七日目、八日目を過ぎ九日目になんとかバレラードの地を踏むことができたのであった。

# 第五章

## 【東暦　一〇〇五年　四の月　一一の日】

バレラードの地に足を踏み入れる。確かに噂に聞いていた通りの荒地だとシオンは思っていた。

土が乾燥しており、作物が育ちそうもない。ただ、それを考えるのはエメの役割だと思い、シオンは思考を放棄した。

バレラード村に入るシオン一行。二百前後の家が建っており、九百人ほどの村人が住んでいる小さな村だ。九百人といえば、下手をしたら高校の在学人数よりも少ないかもしれない。

デュポワが建ててくれた屋敷に足を運ぶ。玄関ホールに客室、応接室に執務室。それからキッチンに土間。そして空き部屋が二つの豪勢な屋敷である。

この屋敷が建てられている最中の村人の気持ちは酷く暗かっただろう。どんな成金が代官として赴任してくるか気が気でなかったと思う。シオンたちも屋敷を見上げて唖然としていた。

「こ、このお屋敷がシオンさんの住むお屋敷ですか？」

「そう、みたいだな」

インの言葉に同意するシオン。彼ら一般人からしてみれば充分な豪邸なのである。貴族となるのだ。

最低限の迎賓《げいひん》施設が必要なのも事実である。

「ふぅ。じゃ、これで依頼は完了ってことでいいかい？」

「ああ、ご苦労だったな。あとは幌の弁償だけ頼むよ」

コラリーに紙を突き付けられるシオン。完了のサインを求められたのだ。それに対し、サインと補填の旨を記載するシオン。コラリーの顔が僅かに歪む。

「がめつい貴族様だねぇ」

「まだ傭兵の気質が抜けないもんでね」

コラリーはシオンの手から紙を奪い取る。そしてさっさと立ち去ってしまった。残されたのはシオンとインとエメ。それにココと馬が二頭である。

「イン。オレはまず何をするべきなんだ？」

「まずは村長に挨拶しに行くべきかと。呼び付けても良いのですが、良好な関係を望むのならば赴いたほうが良いと思いますです！」

「わかった」

張り切るイン。ここからは自分の出番だと思っているのだろう。シオンはインの言う通り、荷物の搬入が終わったら村長のもとに挨拶に伺うことにした。

しかし、シオンよりも早く村長がこちらを訪ねてきた。村長だけじゃない。村のお偉方、数人を引き連れてである。

中心にいるのが村長のダバスである。五十を過ぎ、六十に入ろうかという年齢の割には身体つきは良い。日頃の農作業の賜物だろう。ただし、髭はふくよかなのだが頭は禿げ上がっている。

「あの……新しい領主様でしょうか」

「ああ、そうだ。オレが領主のシオン＝バレラード准男爵だ」

そう言うと村長たちはその場にひれ伏した。思わず動揺するイン。シオンは至って冷静だった。

彼女はこれが心からの臣従なのか、見せかけの臣従なのか見極めているのだ。

「悪かったな。荷解きが終わったらオレから伺うつもりだったんだが、足労をかけてしまったな」

「いえいえ！　お貴族様から赴いていただくわけには。申し遅れました。私が村長のダバスでございます」

「突然の出来事で驚いただろう。皆には心配するなと伝えておいてほしい。ただ、これからは税を国ではなくオレに納めてくれ。今まではいくら納めていたのか、詳しい情報をこの子に頼む」

そう言ってシオンはインの背中を押す。自信満々の表情を浮かべるイン。

なぜ自信満々の表情を浮かべるのか。それはシオン達がバレラードの人々がどれだけの税を納めていたのか知っているからである。国からその資料は一通り貰っているのだ。

では何故聞いたのか。それは嘘偽りなく村人たちが申し出るかを試しているのだ。この村は作物と特産品の六割を税として持っていかれると城には記録されていた。

そう聞けば重税に聞こえるだろう。しかし、代わりに賦役などを課されずに済むのだ。これが何を意味しているのか。

隠田が蔓延っている。

インはそう推測していた。じゃなければ六割も持っていかれて平然としていられるわけがない。実のところ、他の村よりも裕福に暮らしているのだ。

その証拠が子の数である。裕福でなければ子は養えない。この村に住む家族の平均的な子の数は六人。帝国の中央値である五人を超えているのである。

医学が発達していないので死産も多いだろう。なので、本来ならばもっと増えていてもおかしくはないのだ。彼らはそれだけの生活が送れているのである。

なお、税は全て農産物で納められていた。何故農産物なのか。それはこの村に商店がないからである。お金を使う場所がないのだ。

必要な物資は行商人が来た際に農作物や手工業品を売却、もしくは交換して手に入れているのだ。それほどまでにこの地は発達していないのである。

「歓迎の宴をご用意いたしますので――」

「いや、それは無用だ。それよりも……そうだな。村人を全員集めてくれ。それだけでいい」

シオンは敵意がないこと、村人たちとうまくやっていきたいことを伝えるつもりである。彼は裕福に暮らしたいという願望はないのだ。

もし、彼に願望があるとするならば、元の世界に戻りたいということくらいだろうか。

「か、かしこまりました」

村長のダバスはそう手短に返答すると立ち去っていったのであった。

シオンは荷解きをしながら村人たちに話す内容を考える。高圧的でなく、下手に出てもいない。それでいて一緒に頑張ろうと思える内容にしなければならないのだ。

それがパッと思いつけば苦労はしないのだが、生憎とシオンにそのような才能はない。

そのためにインが居ると言えば聞こえは良いが、インは荷解きに忙しそうであった。

シオンは用意された屋敷に入る。そして部屋の中をくまなく探索し、インとエメ、それからココを集めて部屋割りを決めることにした。

最も重要なのが部屋割りである。この屋敷に空き部屋は二つしかない。それ以外は客間か何かしらの部屋なのだ。そして住人は四人。数が合わない。

「悪いがインとエメは同じ部屋で良いか？」

「ん、わかった」

「はい！　問題ないです！　……ん？」

シオンが尋ねると、二人は二つ返事で承諾した。となれば残りの部屋にシオンとココが同室となるのだ。その事実に気が付き、震えるイン。

「シオンさん？　あの、ココちゃんも私たちの部屋で構いませんよ？　ほら、シオンさんは仮にも貴族なのですし」

「いや、それだと狭いだろ」

部屋は六畳ほどの広さしかない。そこに三人で暮らすとなったら一人二畳しか貰えないのだ。ベッドを置いて終わりである。それでは暮らせない。

「ココ。オレと一緒で構わないよな？」

「も、もちろん！」

シオンからしてみればココは自身の奴隷である。どうしようがシオンの勝手だ。

インとエメは家臣なのだ。家臣は奴隷とは違う。シオンは自身に二人を制約する権利はないと思っていたのである。

対するココはというと、シオンを尊敬していた。身一つ、力一つで貴族に成り上がったシオンを。

そんな彼女が反対などするものか。

「ふしだらです！　よろしくありません！」

「ふしだらも何も……主人と奴隷だぞ？」

インが声を上げるもシオンは一蹴する。そしてココは顔を赤らめていた。シオンはこう言いたいのだろう。ふしだらと言うが、主人と奴隷という時点でふしだらではないのか、と。

それでもインは顔を真っ赤にしてプルプルと怒りに震えていた。シオンは溜息を吐き、三人に向けてこう述べる。

「わかったわかった。じゃあ、三人で好きなように部屋を割り振ってくれ。オレは口出ししない」

そう言ってシオンは我関せずを貫いて荷解きを済ませ、二匹の馬の世話をする。

この馬は彼の愛馬になるのだ。馬は番でいるので、産めよ増やせよで将来は安泰だろう。

そして我関せずを貫いた結果、片方の部屋は寝室、もう片方の部屋は私物置き場となったのであった。どうしてこうなった。詳しく聞きたいところだったが、インの威圧的な笑顔の前にシオンは屈してしまった。初めて、インが怖いと思うシオンなのであった。

話は少し遡る。

シオンが馬の世話をするために退出した後、女性三人だけの会議が繰り広げられていた。議題はもちろん部屋割りである。口火を切ったのはインであった。

「えーと、シオンさんは貴族なのですから一室与えられるべきだと思います！　なので、私たち三人でこの部屋で寝泊まりするってことでいいですよね？」

「いや、無理でしょ。だって、この部屋にベッドを三台並べただけでいっぱいだよ！　私物をどこに運ぶのさ！」

反論したのはココである。確かにベッドを三台も入れたら部屋がベッドで埋まってしまう。私事を優先して本来の居住空間の快適さが失われてしまっては本末転倒である。

「でもさ、ココちゃんも息が詰まるでしょ。シオンさんとずっと一緒とか」

「いや、別に。だってご主人様だし」

そう言いながら照れるココ。その姿は少女そのものであった。彼女は完全に何かされるのを期待している。

だがそれは恋心というよりは恋慕や憧憬である。しかし、彼女にはその分別がついていなかった。インはそれが何故か気に食わなかった。どうして気に食わなかったのか、それは自身でも理解できていなかった。それでも気に食わないものは気に食わないのである。

インはシオンが怖い。ただ、最近は恐怖よりも恩義を感じるようになっていた。

また、シオンは武闘派に見えて知識や知恵も持ち合わせている。それもそうだ。彼は義務教育を修めているのだから。その知識にインは興味があった。

シオンはインを決して否定しない。彼女の意見をしっかりと受け止めるのだ。

平民だから、女性だからと言って蔑ろにすることもない。一人の文官として接してくれるのだ。インはそれが凄く嬉しかった。

この話し合いは平行線を辿った。インの提案をココが拒否し、ココの提案をインが拒否しているのだ。

どちらも一歩も譲らない。これは暗に自身の立場を相手よりも上に持っていきたいと考えているのだろう。

ただただ時間だけが過ぎていった。これを苦痛に感じていたのはエメである。正直、彼女にとって部屋割りはどうでも良かった。なので、早く終わらすためにこう提案した。

「じゃあもう、皆の寝室にすればいいじゃん。シオンは好きにしていいって言ってたし」

エメがそう言う。エメに至っては既にシオンを呼び捨てにしている始末だ。そのエメの発言にハッとする二人。なにも部屋を明確に区切る必要はないのだ。

片方を寝室にする。ベッドを三つ並べ、四人で寝るのだ。ぎゅうぎゅうになってしまうが、こればっかりは仕方がない。それでも一人当たり七十五センチの横幅が与えられるのだ。悪くはない。

「でも、エメちゃんはそれでいいの？」

「ん。構わない。別にどうでもいい」

本当にエメはどうでもよいと思っていた。それで賢くなれるわけでもなければ大金が手に入るわけでもない。彼女が求めるのは知識と効率である。

「じゃ、じゃあ片方を寝室に、もう片方を私物置き場にしましょう。執務室もありますし、主に使うのはエメちゃんとココちゃんですかね？」

「いや、アタシもどっちかって言うと執務室かな。ご主人様の近くに控えるべきだしぃ」

そう言うココ。ギンとココを睨むイン。エメは溜息を吐くことしかできないのであった。

◇◇◇

シオンは目下の部屋割り《問題》を棚上げし、村長に呼び出された場所へ向かう。そこは村の広場だ。小学校のグラウンドほどの広さのこの場所に、村人のほぼ全員が集まっていた。

そのシオンから遅れてイン、エメ、ココの三人が到着する。シオンはその場に居る村人全員の視線を浴びる。しかし、彼は飄々としていた。むしろ、後ろに居たインが恐縮していたくらいである。

シオンの格好は貴族とは程遠い、ラフなものであった。しかし、村人は緊張する。シオンが刀と剣を腰に差してやってきたから。

彼は声を上げた。全員に届くように。凛とした声であった。声を張っているわけではないのだが、よく指示の通る声であった。将に向いている声である。

「オレが新しくこの地に赴任してきた准男爵のシオンだ。と言っても畏まらなくていい。時間もかからない。手短に話そう。オレも元を質せば一介の傭兵だ。縁あって准男爵になってしまったわけだが……なので君たちの気持ちは手に取るように理解できる。搾取する気もない。お互いに良い関係を築いていこうではないか。よろしく頼む。以上だ」

それだけを言ってシオンは自身のスピーチを終えた。村人は唖然としていた。今までの代官とは違い過ぎたからである。排他的な村に、シオンのそれはどう映っただろうか。

村人たちは三々五々と散らばっていった。シオンは集まった村人を眺めていた。そして溜息を吐く。なぜ溜息を吐いたのか。それはデュポワから言われた一言を思い出したからだ。

その一言というのは、『小さくても軍を組織しておきなさい』という一言である。村の規模は千人にも満たない。その中で遊ばせておける人数はどれくらいだろう。シオンは思案する。

思案するが彼に答えを出すことはできなかった。何人を雇えるかはシオンではなくインが決めることである。いや、インが決めるというと語弊がある。インが算出するものである。

村全体の生産力に税として取り立てる財産。その財産で雇える人数と予備の資金。これらを加味しなければならないのだ。

ただ、ここは帝国の僻地。山賊や盗賊はまだ出るだろうし、隣国が攻め込んでくる危険性も否定できない。

「イン、まずは何から手を付ける？」

「そうですね。まずは戸籍の整備からでしょうか」

戸籍の整備。村の人数を把握し、分析をしなければ村を大きくすることはできない。

いや、村を大きくしたいわけではないのだが、より効率的に、より多くの税収を上げるには必要な整備である。

「戸籍は……ないのか？」

「ないでしょうね。あったとしても開示されるかどうかは怪しいです。戸籍なんて村人たちにとって必要ないですし、デメリットにしかなりませんから」

戸籍は税収を管理するための為政者のエゴだと言われればそうかもしれない。村人にとって戸籍を整備するメリットはなんだろうか。それもこの時代、このような辺鄙な村でだ。ほぼ皆無である。

なので、戸籍整備を村人の利に繋げなければならないとインは常々考えていた。そこで、出産祝いと死去見舞いを出すことにしたのである。つまるところ祝儀と香典である。

これで村人の増減を管理しようとインは考えたのだ。村人としても出産や葬儀を隠し通せるとは思っていない。それならば貰えるものは貰っておこうと思考するに違いないだろう。

「エメは何をするんだ？」

「調べる。この場所の土の状態とか今の畑の様子とか。いろいろぜんぶ」

エメはまず、この村の生産状況を調べるところから始めるようだ。そして気候や風土、土壌を調査し、この地に最適な作物が何かを調べるようである。

今急いで必要なのは効率良く大量に生産できる作物だ。

「ご主人様、アタシは何をすれば？」

ワクワクした目でシオンを見るココ。そんなココに対してシオンはこう命じた。というよりも、インにそう伝えるよう言われていたのだ。

「ココはまあ、なんだ。子どもたちと遊んでいてくれ。村に溶け込んでおいてほしい。ほら、オレたちには胸襟を開いて話をしてくれないからな」

「そ、そっすか……」

ココはあからさまにしょんぼりとする。シオンとしては重要な仕事を依頼したつもりだったのだが、ココはそれを額面通りに受け取れなかったようだ。

官と民の仲が悪いことほど統治において最悪なことはない。どうすれば官と民が仲良くなれるのか、それは村人から教えてもらうのが一番なのだ。

だというのに、ココはその必要性を理解していないのだ。

十六の少女にその重要性を理解しろというのが難しい話である。それよりも華々しい活動をしたいと思ってしまうのだ。気持ちはよく理解できる。

「ココ。ココに依頼している仕事を簡単だと思うか？」

「え、まあ、ぶっちゃけ」

「じゃあそんな簡単な仕事もココはできないのかー。それは残念だー」

そう言うシオン。ちょっと棒読みのセリフみたいになっているが、それは御愛嬌だ。だが、それで動いてしまうのがココなのだ。

「い、いや、別にそれくらいできるし！」

「じゃあ、頼むぞ。軽視してるかもしれないが、重要な仕事だからな。村のことでわからなくなったら頼りにするぞ」

「うぃっす！」

頼りにする。その一言が嬉しくて駆け出していってしまった。

シオンは呑気にご飯までに帰ってこいと叫び伝えていた。そのココと入れ違いにやってくる二人の女性。どちらも妙齢の女性である。

「あの……本日よりこのお屋敷で働くよう命じられましたアンでございます」

「同じく本日より働くよう命じられましたサラです」

炊事と洗濯などの家事を担当してくれるのだという。彼女たちが美人である点にシオンはどこか作為的なものを感じていた。

これが村長の差し金なのか、それともデュポワの差し金なのかは判別できないが。

「ああ、助かる。特に口煩いことを言うつもりはないから最低限のことをしてくれ」

「かしこまりました」

シオンがさらっと伝える。実際、シオンは彼女たちにどぎまぎしていた。シオンよりもやや年上くらいだろうか。

アンは優しそうな表情におっとりとした雰囲気が滲み出ている女性だった。対するサラはどこか物憂げで儚い印象のある女性である。

実際のところ、片方のアンはデュポワの計らい、もう片方のサラは村長であるダバスの計らいである。

デュポワは約束通り侍女を用意し、ダバスはシオンの出方を窺っているだけである。

シオンにとってはただの望外な僥倖である。早速、晩御飯の用意をアンにしてもらう。
こうして、シオンのバレラードでの生活が始まったのであった。

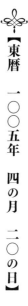

## 【東暦　一〇〇五年　四の月　二〇の日】

インは住人をまとめ、エメは田畑を回り、ココは子どもたちと仲良くなるために走り回っている。

そしてシオンはというと、特に何もしていなかった。朝起きて稽古して寝る生活を繰り返している。デュポワの屋敷での生活と大差なかった。

それもそうだ。シオンは政治のことをよく理解していない。学校で世界史や政治経済を学んだ程度の知識しかないのだ。

それに、インに全てを任せると決めた。だからシオンはインからの要望がない限り手を出さない。

しかし、そうなると暇である。領地の兵を鍛えようにも、この領地に兵はまだ居ない。村人たちが力を合わせて知恵を絞って外敵から逃れてきたのだ。

それはどういうことを意味するのか。そう、危なくなれば帝国にも商業連合にも寝返るということである。

「イン、今日は何をするんだ？」

「私はマークスさんのお宅で子どもが産まれたというのでお祝い金をお渡しした後、アンソニーさんのお宅に向かいます」

「そうか、エメは今日も畑か？」

シオンが尋ねる。エメはこくんと頷いた。エメは村人たちの畑仕事を手伝っているようだ。毎日、夕方には泥だらけで帰ってきていた。身体を動かすことで信頼も得られるのだろう。

「ココは今日も遊びか？」

「遊びじゃなくて情報収集です！」

ココもエメと同様に泥だらけになって帰ってくる。しかし、それは子どもたちと遊んで泥だらけになるのだ。

村人からはベビーシッターだと思われている節がある。それでも村人たちとうまくやれているのならば良いとシオンは思っていた。

「じゃあ、今日も一日よろしく頼むぞ」

そう言ってシオンは自身の稽古に精を出す。アンとサラは屋敷の中を忙しそうに駆け回り、そして今日も日が沈む。三人が帰ってくる時間だ。

しかし、帰ってきたのはエメとココの二人だけであった。インが帰ってこない。今まで、エメやココが帰ってこないことはあったが、インが帰ってこないことはなかった。

「仕方ない、探しに行くぞ」

「ん」

「はーい」

重い腰を上げてシオンたちはインを探しに村へと向かう。しかし、インは見つからない。彼女が向かったというマークスの家に向かう三人。

「夕暮れ時にすまないな。ここにインが来なかったか？」

「これは領主様！　は、はい。確かに来ましたが、アンソニーの家に行くと言って出られました」

「そうか。悪かった、邪魔したな」

　シオンたちはアンソニーの家へと向かう。そして尋ねた。インが来なかったかと。アンソニーは答えた。来ていないと。シオンはいよいよもっておかしいと思っていた。

　まず、考えられるのはマークスかアンソニーのどちらかが嘘を吐いているということ。

　もしくは、アンソニーの家に向かう途中に全く関係のない第三者に拐かされた可能性だ。

「ココ。インが居なくなったことを村人に触れて回れ。そして手がかりを見つけてこい」

「はいっ！」

「エメはダバスとマークスを此処に連れてこい。オレが怒っていると伝えろ」

「わかった」

　シオンは屋敷に戻り、装備を整え、馬に乗って現地に戻る。何故そのようなことをしたのか。それは威圧のためである。領主であるシオンが本当に怒っていることを伝えたいのだ。

　彼が馬に乗っているのはいざという時に帝国の帝都に逃げるためである。もし万が一戦いになり、村人側がシオンを逃がしたら村は滅ぼされるだろう。帝国軍の手によって。

　シオンが現場に戻ると既にエメがダバスとマークスを連れてアンソニーのもとへ戻っていた。三者から話を聞くことにするシオン。といっても発言の内容は変わらない。

　マークスがアンソニーの家に行ったと言えばアンソニーは来ていないと言う。ダバスはというと、困るばかりである。このままでは水掛け論だ。打開策を考えなければ。そうシオンが思った時であった。

「ご主人！　有力な情報があったぞ！」

駆け込んできたのはココであった。その後ろには十歳前後の二人の少年が居る。どうやら彼らが情報を握っているらしい。

「でかしたぞ。で、その情報というのは？」

「オレたち見たぞ！　女の子がアンソニーの家に入っていくの。あと、知らない変な人たちも入ってた」

そう言う少年。小さな村だ。全くの見ず知らずの村人なんてほぼ皆無なのだ。ココがアンソニーに対し追撃を行う。そうしている間に、村人たちが騒ぎを聞きつけて集まってきた。

「アンソニー。今日、訪ねてきた人たちは誰なの？」

「な、何度も言ってるが今日は誰も来ていない！」

「もういい。お前たち、何か手掛かりがないか家ん中を探してこい」

業を煮やしたシオンが過激な行動に出る。ココと少年二人に対し、アンソニーの家屋を漁るよう命じたのだ。ココが遠慮なく入る。少年たちもウキウキしながら家の中を漁る。

「おい、こら！　やめんか！」

「領主さま命令だから！」

アンソニーの制止空しく少年たちは家の中を荒らし回る。シオンはそんなアンソニーに対して、話しかけた。ココたちの援護射撃のつもりのようだ。

「今日、誰が来たんだ？」

「だから誰も来ていないと言ってるだろう！」

「じゃあ、少年たちが見たというのは？」

「そんなもの、見間違いだろう。とにかく！　誰も来ていないのだ！」

「あれれ～？　なんだこれ？」

少年が声を上げる。手に持っていたのは王国の大銀貨数枚であった。帝国のではなく、王国のである。それに違和感を覚える村人たち。取り巻きの一人の村人が言った。

「王国の商人なんて、しばらく来てないけどなぁ」

「た、たまたま残っていただけだっ！」

その一言でシオンの堪忍袋の緒が切れた。シオンはアンソニーを押し倒し、刀を抜いて首元に当てた。そして静かに、努めて冷静に告げる。

「本当のことを話せ。今すぐその首を刎ねてもいいんだぞ？」

「ままま待て。はは、話せばわかる」

「三つ数える。それまでに話せ。三――」

「村長に命じられて娘を攫った！　そして王国の奴隷商に引き渡したっ！」

「それはいつ頃だ？」

「ほんの少し前だっ」

「向かった先は？」

「王国領のほうだ」

シオンは知りたい情報だけを手短に尋ねる。いつ村を離れ、そしてどちらに向かったか。そして馬に跨り、村人たちにこう述べる。

「お前たちで話し合ってオレが戻ってくるまでにアンソニーとダバスの処分を決めろ。そしてオレに報告するんだ。いいなっ！」

それだけを言い残してシオンは馬を走らせる。これも鍛錬の賜物だ。バレラードに移ってからというもの、暇な時間が多かったので乗馬の訓練もしていたのだ。

目を血走らせたシオンが駆ける。インを救いに。シオンは仲間を見捨てない。そのために、彼は強くなったのだから。

◇　◇　◇

時間は少し遡る。インに何が起きたのか説明しよう。

インはいつも通り領民の家を訪ねる。今日はアンソニーの家だ。彼の家を訪ねると彼女は後ろから見知らぬ男に口を押さえられた。

そのまま猿轡《さるぐつわ》を噛まされ、簀巻きにされてズタ袋の中に押し込められてしまった。

一瞬で理解した。誘拐だと。くぐもった声を上げても誰も応えてくれない。その途端、恐怖が身体を支配する。身体が動かない。そのまま村の外れにある幌馬車の中に雑に放り込まれる。

そこにはインの他に二人の女性が居た。

先程の男と見知らぬ男の二人が入ってきた。インの身体を押さえつけていた紐を解き、そのまま乱暴にインの衣服を剥ぎ取る。

片方の男がインを押さえ付け、もう片方の男がインの身体を調べる。そして首を横に振ってこう述べた。

「残念でしたね。高値で売れますから手を出してはダメですよ」

「ちっ！」

男が舌打ちをして牢獄と化した幌馬車から出ていった。この幌馬車にあるのは大きな布が一枚だけである。

どうやらインが乙女のため、これ以上の手出しができないと判断したようだ。傷つけてしまったら商品価値が下がってしまうと考えたらしい。つまり、奴隷商である。

ひとまずは胸を撫で下ろすイン。しかし、根本的な問題は解決していない。このままでは違う国に連れ去られ売り飛ばされてしまうのだ。気が付くと目には涙が溢れていた。

「あの……大丈夫？」

そう声をかけてきたのは幌馬車に既に囚われていた少女ララであった。インの猿轡を外す。

彼女は親の借金の形に奴隷商に売り飛ばされてしまったのである。正確には奪われたというほうが正しいかもしれない。

「だいじょばないですぅ。とてもこわいです……。私はどうなってしまうのでしょう」

ララの胸を借りて涙を流すイン。いつもの彼女の怜悧《れいり》な頭脳は何処かへ行ってしまったようだ。まるで幼児退行してしまったようである。

インの気持ちはララも痛いほど理解できる。彼女は親の責任を押し付けられただけなのだ。ララは何も悪くない。それでも暴力に屈してここへ流れ着いてしまった。

幌馬車にはもう一人いた。ジナという女性である。彼女は気丈に振る舞っているが、手足が震えているのがわかる。この状況下で大丈夫な人などいるのだろうか。

「どちらに向かっているのでしょう？」

「おそらくは王国かと」

どうやら商業連合から帝国に寄って王国に向かっているようだ。つまり、一度帝国を経由することで情報の複雑化を狙っているのだろう。あまり意味はないような気もするが、やらないよりはマシだ。

その少しの経由で不運にもインは捕まってしまったのである。知恵を振り絞ってなんとか脱出できないか考えるもどれも現実的な考えには及ばず、ただ時間を無駄にするばかり。

インにできることといえば、シオンたちが助けに来てくれることを願うだけであった。

◇　◇　◇

示された方向に馬を全速力で走らせる。日も暮れてきた。見つけられるか不安になるシオン。本当にこの方角で合っているのだろうか。

ただ、辺り一面を遮るものはない。どこかに必ず手掛かりがあるはず。そう思いながら慣れない馬を飛ばす。そうして馬を小一時間走らせると、前方に怪しげな幌馬車を見つけた。

シオンは刀ではなく剣を抜いた。雑に問答無用で斬り掛かるつもりである。護衛はざっと八人ほど。そのうちの一人がシオンに気が付いた。しかし、もう遅い。

馬から飛び降り、怒りに任せて思い切り剣を叩きつけるシオン。剣は刀と違い、切れ味が悪い。斬るというよりも叩き潰すイメージで剣を振るっていた。

護衛はシオンの力を受けきれず、その場に片膝をつく。シオンは乱暴に相手の顔を蹴り飛ばすとこう叫んだ。

「イン！　居るかっ！」

シオンが吠える。すると幌馬車の中から声が聞こえた。聞き慣れたインの声だ。なんと叫んでいるかはわからなかったが、彼にはそれだけで充分であった。

「生きて帰れると思うなよ」

シオンが剣を捨てて刀を抜いた。大切な刀を。それだけでシオンがどれだけ怒り狂っているのかが理解できよう。一人も帰す気はないということだ。

襲い掛かってくる護衛。その片方の剣を避け、抜けざまに胴を薙ぐ。脇腹から大量の血を流して護衛は倒れた。革の鎧如きではシオンの一撃は受け止められない。

落ちていた、既に斃れたであろう男の剣を手にする。護衛が斬り掛かってくるのを拾った剣で払い、愛刀で首を落とす。シオンは何の躊躇いもなく刀を振り切った。

「あ、悪魔だ……」

護衛の一人がそう呟いた。この時点で護衛たちの戦意は喪失していた。しかし、逃げ出す者は一人もいない。背を向けたら殺される。直感的にそう感じていたのだ。

「うっ、うわぁぁっ！」

重圧に耐えきれなくなったのか、乱雑に襲い掛かってくる護衛。

シオンは相手が剣を振り落とす前にそのまま逆袈裟に剣を振るった。血飛沫が舞う。十対一でも八対一でも関係ない。全員叩き殺す。シオンの胸中はその六文字に支配されていた。

「だ、誰だっ！　誰なんだ、お前はっ！」

問い掛けにシオンは答えない。ただただ鮮血が迸る。残るは四人。

シオンはふぅと一呼吸入れると刀を八相に構えた。左半身を開けて、相手を誘う。

後の先を狙うつもりだ。シオンが意識しているのは挟まれないよう、囲まれないよう足を使うことであった。

四対一という慢心からか、相手の護衛が一人、大きく振りかぶって攻めてきた。シオンはそれを避け、胴を横薙ぐ。これで三対一。

何も学んでいない。奇襲をかけたとはいえ、シオンは一人であっという間に四人を屠ったのだ。そんな男に雑な攻撃が通用するわけがないだろう。

「攻めが雑過ぎる。死にたいのなら死なせてやるよ」

挑発するシオン。これで目が覚めたのか、三人が同時に斬り掛かってきた。

シオンは距離を取る。そして避け続ける。何故避け続けるのか。それは空振りが一番体力を使うからだ。三人の体力消耗を図っているのである。また、背後を取らせないことを第一としているからだ。また、刀で攻撃を受けたくないという思いもあった。刀鍛冶は居ないのだ。誉傷を受けてもなおできない。本格的に研ぐことができないのだ。

そして動きが鈍くなってきたところを一撃で、急所を狙って手早く斃す。露出している首を狙ったのは、シオンのせめてもの優しさだろうか。

「苦しまないよう、殺してやるよ」

相手の傭兵も一流どころではなく、二流、いや三下のようであった。無名の奴隷商が優秀な傭兵を雇うわけがない。

「た、頼む。いい命だけは――」

最後に腰を抜かしている奴隷商に拾ってきた剣を突き刺すシオン。その目に慈悲という二文字は映っていなかった。

もう、この世界に来て人を殺すのにシオンは慣れてしまっていた。抵抗はない。情けをかけて死にかけた経験を嫌というほど得てきたのだ。

全員、息の根が止まっていることを確認したシオンは幌馬車に近づく。中には全裸の少女が三人、布で身体を隠して身を寄せ合い、力なく横たわったり座っていた。そのうちの一人はインであった。

「大丈夫か?」

血塗れのシオンがインに笑顔で話しかける。

インは「はいっ」と笑顔で返し、シオンに監獄のような幌馬車の荷台から解放してもらった。

それからインは目に涙を溜めてシオンに抱き着いた。インは官として正しいことをしていた。しかし、それが民に理解してもらえなかったのだ。

血まみれのシオンに抱き着くインもまた、血まみれになった。鉄の臭いがする。

民からしてみれば税が上がるかもしれない。変化を恐れたのである。改革を性急に行い過ぎた。それが反発を招き、今回の結果に繋がったのだ。ただ、悪いのは明らかに民、つまり村人だ。

彼女が悪政を敷くと決まったわけではない。だが、悪政を敷くと決まってからでは遅い。村人の言いたいことも彼女は理解できた。

シオンはインを解放して奴隷商たちの荷物を漁る。インは他の少女を介抱していた。どうやら心に余裕ができたようだ。

適当な布を見つけたシオンはインにそれを投げ渡す。もちろん帝国硬貨など金目の物は自分の懐にしまった。

「イン、乱暴はされなかったか？」

「えーと、まあ、はい」

言葉を濁すイン。確かに暴行を受けそうになったが最終的には何もされてはいない。

裸にされ、男性経験がないことが発覚した彼女はそのほうが商品価値は高いとしてそのまま拘束されたのだ。

「そうか、悪かった。もう少し気を使うべきだったな」

「いえ。助けに来てくれてありがとうございます。シオンさん」

シオンが乗ってきた馬を馬車に繋ぐ。これで馬がさらに二頭も増えた。シオンとしては災い転じて福となる気持ちだ。お金も物資も馬も増えたのだ。終わり良ければ総て良しである。

「他に二人も捕まってたのか」

「い、いえ。私は親に売られたのです……」

シオンがインに確認を取ろうとしたところ、一人の少女が歩み出てシオンにそう告げた。その少女もまた服を剥ぎ取られていた。シオンが布をかける。

親に売られた。つまりもう、親元には戻れないのだ。戻ってもまた売られるだけである。

これにはシオンも頭を抱えてしまった。彼には関係のないことだが、見捨てるのも寝覚めが悪くなってしまう。

シオンも彼女が敵対しているのであれば容赦なく切り捨てられるのだが、彼女はただの被害者だ。

ふぅと溜息を一つ吐いて今さっき奪った帝国硬貨、それから御者台にあった食糧と水筒を渡して解放する。

しかし、彼女たちは何処にも立ち去ろうとはしなかった。それもそうだ。彼女たちは何処にも行く当てがないのだから。そしてこう言う。

「何でもするので貴方様のお傍に置いてください。お願いします」

必死に頭を下げる彼女たち。ここまで言われてしまってはシオンとしても断ることができない。助けを求めようとインを見るも、彼女からもお願いされてしまった。

ストックホルム症候群もここに極まれり。食い扶持を増やしたくはなかったが、シオンは説得できる気がせず、泣く泣く了承する羽目に。

彼女たちとしてもシオンのインに対する扱いを見て、この人であれば自身の身柄を預けても大丈夫だと踏んでいたのである。こんな時でも強かだ。

ただ、シオンはインを取り返すことができてホッと安堵するのであった。

馬車を走らせ、ゆっくりと村に戻るシオン一行。既に日はどっぷりと暮れている。

今日は生憎、新月だったので、迷子にならないよう、何もない草原のど真ん中で一泊することにした。

ただ、シオンとしても考えがあった。村人たちに考える時間を渡すためである。アンソニーは言った。村長の指示だったと。となると村長も処断しなければならない。

これをアンソニーの妄言として村長を許すか、それとも村長ごと処断するか村は揺れているだろう。領民たちは今日眠れないはずだ。シオンはそう見ていた。

そして事実、村の代表者は一つの家に集まって喧々諤々《けんけんがくがく》と今後の対応を模索していた。村長のせいで村の存亡の危機である。この場に村長は居ない。

アンソニーは既に村の端にあるさらし台に拘束されていた。殺されてはいない。勝手に処刑するのを村人たちは躊躇ったと見える。

問題は村長である。アンソニーは村長の指示だと言った。村人たちもそれは事実だと暗黙的に認識していた。

しかし、村長は村の権力者。おいそれと処遇を決めることはできなかった。

つまり、新しい領主に付くか、それとも今までの村長に付くかを決めなければならないのだ。この会合に参加していた男の一人が言う。

「村長に付いたとしても領主様が村長を処断してしまったらオレたちも巻き添えを喰らっちまう！村長じゃなく領主様に与するべきだ！」

権力の構造は明らかにシオンのほうが上だ。なので、シオンに与するべきだと声高に主張していた。

それに追随する若い世代。しかし、これに難色を示すのは年配衆である。

年配衆は村長に便宜を図ってもらっていた。恩義があるのだ。それを蔑ろにしてしまうことに抵抗があった。もしかしたら疚しい思いもあったかもしれない。

話はまとまらず、平行線を辿ろうとしていた。

「ならアンタたちは村長に与すればいいじゃないか！　オレたちは新しい領主様に味方するぞ！」

声を上げた青年がいた。ベンだ。それだけを言い残して数人を引き連れて立ち去ってしまった。

これに困ったのは年配衆である。領主であるシオンに村長を処断する口実を与えてしまったのだ。

ことここに至っては村長を処断するしかない。その結論に至るまで時間はかからなかった。夜が明ける前、村人たちは村長の屋敷を取り囲み襲撃する。

どうしてそんなことをするのか。もちろん村長を捕らえるためだ。そしてシオンに村長を差し出すのである。

しかし、悲しいことに村長の家はもぬけの殻だった。ご丁寧に家族と貴重品が丸っとなくなっている。

これに顔を青くしたのは村人たちである。村長が居なくなった。それをシオンに伝えて理解を得られるだろうか。匿った。逃がしたと思われないだろうか。慌てて周辺を探す。

そうこうしている内にシオンが馬車に乗って帰ってきてしまった。心なしか充実した顔をしている。昨夜、馬車の中でナニか良いことがあったのだろう。深くは追及すまい。

村人たちは覚悟を決めた。そして代表して一人の男――ベンである――がシオンの馬車の前に進み出た。シオンは馬車を止め、ベンを見つめる。シオンからは声をかけない。

「りょ、領主様！　この度は大変に申し訳ございませんでした！　村人一同、反省しております！主犯のアンソニーは村の端に晒しております！　これで、これで何卒、ご容赦を！」

ベンは地面に頭を擦り付ける。後ろに控えていた村人たちもベンの真似をした。シオンとしてはそこまで怒っていないのだが、気になることが一つある。そう、村長だ。

「ダバスはどうした？」

その一言で村人に緊張が走る。誰も答えない。シオンはそれで察した。何か良くないことが起こっているのだと。そこで、敢えてそこまで怒っていないのに大声で怒鳴り散らかした。

「ダバスはどうしたっ！」

「朝、家を訪ねたら居なくなってました！　申し訳ございません！　申し訳ございません！」

震えながら許しを請うベン。何故にこんなに怯えているのかというと、シオンの格好に原因がある。奴隷商含め九人もの男を斬ったのだ。返り血で衣服が真っ赤に染まっていた。これで怯えない村人はいないだろう。

村長が居なくなった。おそらくは黒だったのだろう。シオンはそう考えるも村人たちが逃がした、匿っているという疑念が拭えない。なので、考えることを放棄した。

「だそうだ。イン、お前はどう考える。そしてどうする」

インに丸投げしようというのである。インは尋ねられて幌馬車の中から答える。自分の中で最大限の声を張り上げて村人にも聞こえるよう叫んだ。

「許しましょう！　今回の件、村民の総意でないことは理解しております！　しかし、起こってしまった事実は消せません！　二度目はないと思ってください！」

インは判断した。村人に恩を売っておいたほうが後々の統治が楽になると考えたのだ。

インにとっては屈辱的な出来事であったが、タダでは転ばない。転びたくないのだ。なんともたくましい女性である。

「だそうだ。今回の件は不問とする。村長の財産はオレが接収する。代わりの村長はお前が務めろ」

シオンはベンを次の村長に指名した。そしてベンを近くまで歩かせてこう呟く。血に塗れた領主からの言葉だ。拒否できるわけがなかった。

「村長派は誰だ。全て洗い出せ」

「わ、わかりました」

「財産を没収してもいい。その財産をどうするかはお前に任せる。お前には期待している。これからよろしく頼むぞ」

さり気なく村人の分断にかかるシオン。村人対領主にするのではなく、旧村長派と新村長派の争いに持っていったのだ。

「は、はい」

ベンは完全に蛇に睨まれた蛙である。シオンとしては対等な良好な関係を築いていきたいのだが上下関係が成立してしまった。シオンは貴族だ。こればかりは仕方がない。

この場はお開きにして馬車を屋敷に向かわせる。まずはインを屋敷に送り届けることが最重要だとシオンは考えた。そのあと、シオン一人で村長だったダバスの屋敷に向かうつもりなのである。

「エメ、ココは居るか？」

「いる」

「はいはーい！」

「アンとサラを呼んできてくれ」

シオンが馬車を屋敷の前に停め、エメとココ、アンとサラを呼ぶ。インと少女二人を保護してもらうためである。そして保護は彼女たちに任せてシオンは着替えてから村長の屋敷へと向かった。

そこには数人の男たちが居た。しかし、シオンを見ると皆、頭を下げて立ち去ってしまった。

シオンは一人で村長の家に入る。大型の家具や食器、衣類なんかは残ったままだ。

お金と貴金属を持ち出して立ち去ったのだ。それ以外は全て残っている。せっかくなので、ここを兵舎として活用しようとシオンは考えていた。ちょうど、村の真ん中である。

シオンはその足でベンのもとを訪ねた。そして言う。若い男を三十人ばかり集めろと。条件としては小作人だ。自分の畑を持たず、親兄弟のもとで燻っている男。

そして戦いに興味を示している男である。シオンはこれを重要視していた。戦う気概のないものに戦い方を教えても戦えないと思っているのだ。

「わ、わかりました。すぐに用意します」

「そう焦らなくていい。自分の人生に関わることだ。覚悟が決まった者が現れたらオレを訪ねろと伝えておいてくれ。ああ、あと衣食住の保障もすると触れて回れ」

これで燻っている人間を炙り出そうとしているのだ。三十人くらいであればすぐに集まるだろうとシオンは考えていた。これが五十人だったら難しいかもしれない。

人数的にも最適な数である。軍人は人口の五パーセントが理想なのだ。九百人の五パーセントは四十五人。三十人は悪くない数字である。

シオンは村長の屋敷から食糧だけを運び出し自分の屋敷に戻る。そして思い出していた。少女二人を余計に拾っていたのだった。彼女たちの処遇をどうするか考える。

シオンは思う。彼女の一人と関係を持ってしまった以上、もう無下にはできないと。

シオンは全員を集めた。イン、エメ、ココ、アン、サラ。そして少女二人である。まずは二人に自己紹介をしてもらうことにした。

「私はジナ。帝国の小さな村で生まれました。炊事や洗濯、家事のことなら任せてください。あの、頑張りますのでお傍に置いてください」

ジナは年齢が十八歳の女性である。ミディアムヘアに鋭い目つきが特徴的だ。彼女には行き場がないたため、何が何でもシオンに取り入ろうとしていた。意志の強さが顔に現れていた。

「私はララです。私の家は商業連合でお店を開いていたのですが、資金繰りができず、借金の形に売られました」

ララはジナと同い年なのだが彼女とは違い、才媛という印象の女性であった。

また、商家の出であるため、四則演算《しそくえんざん》などもお手の物だとか。それはシオンにとってはありがたい情報であった。

「あー、と言うわけで彼女たちをこの屋敷に住まわせることにした。仲良くするように」

そう言うシオン。もう彼女たちを住まわせるのはシオンの中では確定事項のようだ。しかし、違う問題は発生する。

どんな問題かというと、人が多過ぎる問題である。そこでシオンはアンとサラの雇用を止めることにした。そのことを告げる。

「なので、アンとサラ。もう来なくて大丈夫だぞ。今まで迷惑をかけて悪かったな」

謝罪を述べるシオン。彼は二人が無理やり手伝わされに来ていると思っていたのだ。

しかし、その言葉を聞いて二人とも顔色が蒼白になっていく。アンとサラにとっても仕事がなくなるのは死活問題なのだ。

そのことに、全く気が付かないシオンなのであった。

「そんな！　それは困ります！」

解雇を告げられたアンとサラはシオンに泣き縋る。これにはシオンも困惑していた。良いことをしたはずなのに悲しまれる。シオンは何が起きているのかすぐには理解できていなかった。

実のところ、アンもサラも無理やり働かされているわけではないのだ。アンは家族が死別し、身寄りがなく仕事もないところをデュポワに働き口を斡旋してもらっていたのだ。

また、サラの父はダバスの腰巾着だった。そのダバスが失脚した以上、彼女の家も村八分にされる恐れがある。乱暴される恐れがあるのだ。できることなら屋敷で働いていたいだろう。

しかし、こんな屋敷一つに対し、四人の家政婦は過剰過ぎる。二人でも過剰だと思っていたのだ。それなのに三人ではなく四人になるのだから頭を抱えるのも無理はない。

蓄えはある。デュポワからありったけのお金をせびってきたのだ。ちょっとやそっとじゃ傾かないだけの額がある。しかし、だからといってそれを使っていいのかと言われたら疑問だ。

現実は非情だ。問題は雇うか雇わないかの二択しかないのである。それ以外の選択肢は今のところない。

潤んだ瞳でシオンを見るアンとサラ。情には流されたくないと思いつつも、流されそうになる。

冷静になるため、一度深呼吸をする。彼女たちを雇うメリットとデメリットを計算するのだ。メリットは美人に囲まれて生活できるため、シオンの幸福度が上昇する。

そういう冗談は置いておいて、まずララは明確に雇用するメリットはある。経理財務を彼女に任せることができるのだ。四則演算ができるのだから鍛えればそれなりになるだろう。

運営と税務は分けておいたほうがよい。兼務していた場合、財政に対する抑止力がなくなってしまうのだ。シオンは意図せずにそれを別の理由から行おうとしていたのである。

さて、残るは三人だ。ジナとアンとサラである。シオンの目から見て彼女たちの家政婦スキルは五十歩百歩だ。誰を家政婦として雇っても変わりはない。悩みどころである。

「むーっ」

シオンが視線に気が付く。その視線の主はインであった。頬を膨らませ、シオンを睨むイン。当然、シオンは困惑した。何故、インが自分を睨んでいるのか理解できなかったからだ。

「あー、まあ、なんだ。とりあえずララ。君は採用だ。当家の財務と経理を担当してくれ。給金に関してはあとで話し合おう」

「ありがとうございます。精一杯働かせてもらいます」

「残りの三人だが、君たちは何ができる？」

そう。やれることがあるなら雇う。需要と供給である。そして行えることがないなら雇い止めをする良い口実になると思っていたのだ。最初に口を開いたのはアンである。

「わ、私の家は羊の世話をしていました。なので、馬の世話ならお任せください」

馬を四頭も手に入れたは良いものの、世話の方法など全く理解していないシオン。彼よりはアンのほうが世話に向いているのは確かだ。毎日の世話に健康の確認や繁殖など、やらなければならないことは沢山ある。

「わかった。じゃあアンを厩番《きゅうばん》として雇おう」

「やった！　ありがとうございます！」

次に声を上げたのはサラである。彼女も彼女なりに屋敷に残ろうと必死だ。そして彼女は悪くない。

悪いのは村長であるダバスに取り入っていた父である。

「わ、私は裁縫と織機ができます。解れも縫い直せますし、簡単な衣服であれば縫うことができます」

これも大事な能力だ。手機ができるのであれば羊を飼って布を生産できる。そして羊はアンが飼えるのだ。バレラードは帝国でも最北に位置する。ウールは暖という意味でも大事だ。

「わかった。雇おう」

最後はジナである。しかし、彼女は黙ったままであった。シオンは彼女を見る。彼女と目が合う。ジナはシオンにパチリとウインクした。シオンは思う。なるほど、そういうことかと。

他の二人が違う職に就いた以上、家政婦となるのは彼女だ。それを理解していたのである。また、彼女はシオンに切り捨てられないという自信もあった。

昨夜、インとララが寝静まった頃、馬車内でシオンと外には言えないあれだけのことをしたのだ。

そしてシオンは薄情ではなく義を重んじる。

「わかった。オレの負けだ。全員雇おう」

頭を掻いて承諾を告げるシオン。こうして、めでたく全員がシオン＝バレラード家で働くことになった。インの顔はしかめっ面のままであった。

## 【東暦　一〇〇五年　四の月　二五の日】

シオンが次に行うことは税の調査である。以前に述べた通り、このバレラードには長い間、領主が不在であった。辺境過ぎて代官すらいなかったのである。

そのため、決められた量の税を帝国に納めれば問題なかったのだが、今後はそうもいかない。シオン達は正確に把握する必要がある。

そしてインとココが入念に調査した結果、隠田と麦の嵩増しが横行していたのである。他の穀物での代用はまだ良い。

嵩増しをして麦を貯めておかなければ不作の時に飢えてしまうのだ。帝国の官吏もある程度は目溢ししていた。しかし、領主として隠田は見過ごせない。

ただ、インは隠田を暴いた上で税を四割に下げる方向で動いていた。そして税を下げる代わりに賦《ふ》役《えき》を課すつもりである。まずは隠田がどれだけあるかだ。隠田のお陰で減税しても税収は増える見込みである。

もし、二割以上の収穫が増えるのならば、税を下げても税収は変わらない。これでシオンも領民も潤うだろう。

しかし、肝心の生産物、特産物を売る手段がない。商会もなければ行商人も滅多に来ないのだ。

そこで、領主であるシオンが村人の余剰生産物を買い取る方針を取ることにしたのだ。買取に関しての金額はインとララに任せることにする。

シオンは買い叩けるだけ買い叩けとだけ伝え、あとは任せることにした。

彼女たちは少女だ。村人に詰め寄られたら譲歩してしまうだろう。させないためにも彼女に買い叩けと伝えたのだ。

それで適正価格に落ち着くだろうと。シオンはそう見ていたのである。お金は節約するに越したことはない。

つらいのはインとララである。前門の村人、後門の領主である。

しかし、村人が譲歩してくれるとインは見ていた。こちらは誘拐までされているのである。そこを突いて強気に出ようと考えていたのだ。

シオンは馬を走らせる。周囲に隠田がないかシオン自身が確認しているのだ。インも隠田があるのならば早めに申告すれば優遇処置をとる旨を伝えている。

さらにココがトドメを刺した。隠田所持者を密告すれば報酬を支払うことを秘密裏に、噂話として広げているのだ。これで村人たちが互いに疑心暗鬼になっている。

その土台はあった。村長派と領主派に分かれていたのだから。そして、一人が密告したという偽情報を皮切りに、続々と村人たちが隠田を申告し始めたのであった。

インとエメが協力すれば地形から隠田の場所をある程度予測することができる。しかし、それをせずに自己申告制にしたのは彼女たちなりの優しさであったのだった。

# 第六章

## 【東暦　一〇〇五年　四の月　二八の日】

シオンのもとに十人ばかりの若者が群れをなしてやってきた。話を聞く限り、どうやらベンに紹介され、シオンのもとを訪ねたらしい。そう、兵士に志願しに来たのだ。

彼らは自分で兵士になる選択をした十人である。シオンはそれを喜ばしいと思った。彼らは兵士として生き、兵士として生計を立て、そして兵士として死ぬのだ。

シオンは彼らの名前を記憶していく。アレン、イムス、ウッド、エレン、オルグ、カース、キアヌ、グールド、ゲイナー、コスタの十名だ。シオンは彼らの志願を心から歓迎していた。

「君たちには期待している。これからよろしく頼むぞ」

「は、はいっ！」

「はい！」

「はーい！」

返答する十人。シオンが彼らにまず行うこと、課することは集団行動であった。規律と統制。これが取れているだけで軍としては強い。シオンはそれを理解している。

なので、集団行動の訓練と基礎体力の訓練を行うことにする。集団行動は指示通りに動くことができるのかどうか。基礎体力は実益も兼ねて畑を切り開くことにした。これはエメの要望でもある。

「全員、整列しろ」

パラパラと並んでいく。そこでシオンは叫んだ。駆け足と。その声の張りに驚く十人。ひと呼吸あいてから全員が駆け足で行動し始めた。

「全体、右向け右っ！」

バラバラと右を向き始める十人。それもそうだ。これができるのは日本人だけである。日本人は小中高のどれかで集団行動を徹底的に叩き込まれるのだ。シオンにとっても、今となっては良い思い出である。

知らなければできない。やろうと思わなければできない。手本を見せてやらねばできない。シオンはまず、集団行動とは何かを教えることから始めたのであった。

◇◇◇

その後、シオンのもとに追加で十五人の兵士志願者がやってきた。合わせて二十五人である。あとの五人は仕方ないが徴兵《ちょうへい》することにしよう。有事の際、この三十人で事態に当たるのだ。

シオンは毎日毎晩、徹底的に集団行動と基礎体力作りをさせた。お陰でシオン直轄地の畑がサッカーのコートくらいの広さに届こうとしている。

これをエメ一人で管理するのは無理だ。だが彼女はそれを喜んでいた。

そんなことをしているうちに季節は春から夏に変わろうとしていた。村の大工に馬小屋を依頼し、徐々にシオンのお金が切り崩され始めた。

初期投資というのは何よりも大事だ。そう自分に言い聞かせ、シオンはお金を使っていく。今、早急に行わなければならないのは商会の誘致である。物を売買できなければ蓄えは増えない。

最初の計画で、インはこう話していた。この村を商いの要衝にすると。しかし、その計画は遅々として進んでいない。それもそうだ。

彼ら彼女らの想像以上に辺鄙過ぎるのだ。帝国、王国、商業連合の中間になるにもかかわらず、中継地としても使われていない。

帝都からも遠く、名産もない。国境沿いということは危険も隣り合わせなのである。帝国内の商店は支店を出したいとは思わないだろう。シオンならばそう考える。

問題はそれをインに告げるかどうかだ。シオンはインに村の運営を一任した。なので、口を出すべきでないとも考えられる。しかし、このままでは将来的にじり貧だ。

そんなことを漠然と考えていると執務室のドアが開いた。入ってきたのはインである。執務室にはシオン、イン、ララの三人の机があった。

聞いてみるべきか。それともまだ待つべきか。悩みどころだ。インもそれを感じているはずだとシオンは考えている。

「羊が届くのはいつ頃だ？」

「二十日後ですね。まだまだ先です」

シオンの質問に応えたのはララだ。羊を飼うのならば餌も必要になる。シオンはエメが新しく耕した畑で馬の餌も羊の餌も育ててほしいとお願いするつもりであった。

豆と牧草だ。そう難しくはない。もちろん、本人が許可してくれたらであるが。

ちなみに羊は雄雌それぞれ五頭ずつ仕入れた。ここから繁殖させて増やしていくつもりである。

「今のところ、収支は赤字だな。そろそろ黒字化させたいところだが、何か良い案はあるか？」

インに自然な形で話を振る。これでシオンはインに尋ねたかったことを尋ねられると内心、小躍りしたいくらいに喜んでいた。静かにインの答えを待つ。

「あの、その……も、申し訳ございません！」

盛大に謝罪をするイン。シオンとしてはどうするかの案が欲しかっただけに謝罪が口から出た時にはポーカーフェイスを維持するので精いっぱいであった。

「どうした。何かミスを犯したのか？」

「いえ、その、最初の案ですが、全く進んでいません……」

商館の誘致のことだろう。進んでいないことはシオンも理解している。ただ、だからといって彼女が無能というわけではない。

戸籍の整備は見事だったし、税の見直しも行っている。政を行う上での基礎は築けたのである。シオンは彼女を高く評価していた。

「あー、いや、別にそれに関してとやかく言うつもりはない。理想と現実が違うなんてことは稀によくある。それよりも今後どうするかが大事だ」

初期の思惑が外れるのは当然である。そこからどうやって成功に向けて軌道修正できるか、どれだけ早く失敗から立ち上がれるかが、その人物の真価と言えよう。シオンはそう考える。

「要は税収を黒字にできればいいんだ。その為には外貨を稼ぐ必要があるだろ。つまり、売り物を作ればいいんじゃないか。何か売れそうなものはあるか？」

我ながら名案だと言わんばかりに胸を張るシオン。その『売れそうなもの』まで理解できていれば名案だっただろう。シオンの問いかけに誰も回答しない。

「何もないのか」

「はい……ないです」

泣きそうな顔でこちらを見るイン。それは困った。兵士と羊の餌を支払って破産はしたくない。デュポワから相当額を奪っているので破産することはないが、支出を抑えられるなら、それに越したことはない。

そこでシオンはその答えをエメに求めることにした。

日が暮れて畑から戻ってくるエメを捕まえ、執務室に連れてくるシオン。そこではインが泣きそうな顔でエメを待っていた。

「エメちゃーん。待ってだよぉー」

「……シオン。インを虐めるのは良くない」

「いや、別に虐めてねーよ。それよりもエメ。今耕している畑では何を育てるつもりなんだ？」

エメが小考してから答える。そしてこう答えた。「マメ」と。最北の地であるこのバレラードでは育つ作物も限られている。そこで生育が早く、汎用性の高いマメに焦点を当てたようだ。

「なんで豆なんだ？」

「ここが寒いから」

問いには答えた、話は終わりだと言わんばかりに口を閉ざすエメ。しかし、それではシオンにはなんにも伝わらない。

こういう点が人から疎まれていたのだろうと思いながらも、根気強くエメに尋ねる。シオンは辛抱強く彼女から言葉を引き出した。

「寒いと豆になる理由は？」

「作物の栽培で現金化が難しい」

「あー、ということは、他で現金化する必要があるということか」

コクリと頷くエメ。また話は戻る。現金化できる何かを育てるということに。シオンは頭をフル回転させた。何故、豆なのか。豆じゃないといけない理由があるはずだ。

「ああ、そうか。家畜の餌になるから豆だと言ってるんだな。考えることは一緒だったな」

「そう。それに人間も食べられる」

エメは満足そうに頷く。やっと我が意が通じた。そんな感じだ。こんな性格もあってエメは今まで忌避されてきたのだろう。シオンはそう思う。

シオンは羊を十四購入した。羊は羊毛が獲れるし、羊乳でチーズをつくることができる。もちろん、羊肉にすることも可能だ。

　パルミジャーノチーズは最長で一年は持つ。熟成を含めれば二年以上は持つのだ。

　また、現代のパルミジャーノチーズは銀行で保管されていることをシオンは知っていた。チーズが担保になるのだ。

　長期保存できて価値がある。気温が低くても、いや低いほうが管理しやすい。そこから導き出された結果は推して知るべしである。

「わかった。イン、今日から我が領では羊を増やしてチーズを量産する。その方向で調整してくれ」

「はいっ！」

「エメは餌用に豆と麦。それから牧草を育ててくれ」

「あいあーい」

　彼らは羊乳でチーズをつくるつもりだ。なので、パルミジャーノというよりはペコリーノ・ロマーノになるだろう。それでも半年は持つ。保存食としては最適だ。

「何はともあれ、まずは繁殖だな。目指せ百匹！」

　道筋は見えた。あとはそこに向かって走るだけである。シオンは段々と領地の運営が楽しくなり始めていたのであった。

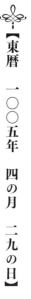

## 【東暦　一〇〇五年　四の月　二九の日】

「走れ走れーっ！　きびきび動けよっ！　じゃないと死ぬぞ！」

今日も今日とてシオンは兵を鍛えていた。この三十人はシオンの手足となろうとしていた。今度は三人一組にして信頼感と連帯感を養わせるようだ。個人ではなく集合で戦わせるようである。

三人一組のリーダーは先にも述べたアレン、イムス、ウッド、エレン、オルグ、カース、キアヌ、グールド、ゲイナー、コスタの十名だ。

ココはというと、シオンの横で訓練をぼーっと眺めていた。

彼ら十人にはそれぞれ違う課題を行わせる。適性を見ながら役割を変えているのだ。十組のうち、三組を弓兵にしようと考えるシオン。弓を十セット買い付けた。一セットは予備だ。

残りの七組は槍兵だ。槍兵は弓兵を守る役目も担っている。つまり、互いの信頼関係が大事なのだ。有事がいつ起きるか定かではない。盗賊や夜盗の類がいつ来るかわからないのだ。兵は鍛えてあるほうが良い。

「キアヌとコスタは体力がないなー。アレはどちらかというと弓兵に回すべきじゃない？」

ココが呟く。体力がないのは誰もが一目で理解できた。しかし、だからといって弓兵にするのは早計過ぎるとシオンは考えている。まだ訓練を始めたばかりだ。これっぽっちでは適性は判断できない。

「今のところはな。焦るなよ、時間はあるんだから。じっくりと適性を見極めないと、それこそ時間の無駄になるぞ」

「はーい」

「ご主人様ぁー！」

訓練中のシオンのもとへインが血相を変えてやってくる。そして察するシオン。また何か厄介ごとが起きたに違いないと。とはいえ、無視するわけにもいかない。

「……なんだ？」

「あの、ラースル辺境伯様の使いがお見えになっておりますが」

「は？」

シオンは耳を疑った。彼の耳には辺境伯から使いがやってきたと聞こえた。

聞き返すシオン。何度聞いても同じ音が聞こえる。どうやら聞き間違いではなさそうだ。

辺境伯が准男爵如きに何の用だろうか。辺境伯の使いがやってきている理由が皆目見当もついていないシオン。突然、辺境伯の話をされても寝耳に水である。

そもそもである。この地はシオンの土地なのだから、いくら辺境伯だからといって口出しはできないはずなのだ。シオンが固まって思考する。

「あ、あの……」

「ああ、すまない。とりあえず会おう」

シオンは兵士たちには訓練を続けるよう命じ、自身は館に戻った。シオンが応接間に入る。そこには来客用のソファに偉そうに踏ん反り返った青年と、青年の背後を守るように御付きの従者が二人、

直立していた。

「……遅くなりました。私がシオン＝バレラードでございます」

「其方がバレラード准男爵か。私はラースル辺境伯が嫡男にて次期辺境伯、クリュエ＝ド＝ラースルである。今日は其方に有り難い提案を持ってきたぞ」

クリュエと名乗った青年はシオンよりも年若く、十七、八のようであった。蝶よ花よと育てられた御曹司の風貌と発言である。

鼻持ちならない男。それがシオンの彼に対する第一印象であった。

「ほう。なんでございましょう」

「どうだ。我らの麾下《きか》として与する気はないかな。別にシュティ大公家の寄子《よりこ》というわけでもあるまい。ならば近くの我らを寄親《よりおや》にするべきだろう。どうだ？」

上から目線で提案してくるクリュエ。しかし、シオンは敵対することを恐れずにそれを軽くいなした。シオンはラースル辺境伯家を推し量っているようだ。

「それは魅力的な提案ですね。しかし、それを話すのはお坊ちゃまではない。私と貴方のお父上だ。もし、話し合いの場を設けていただけるのであればこの上ない僥倖ですとお伝えください」

シオンは話し相手として貴方では力不足だと遠回りに断った。

彼は嫡男であり、当主ではない。彼が黒と言っても今の当主が白と言えば白くなるのだ。シオンはそこを危険視していた。

「ふふふ、まあ慌てるな。其方は私との約束を父上に反故にされることを危険視しているのだろう。

それはない。安心し給え」

「申し訳ありませんが、言葉だけではどうにも……」

いいからさっさと帰ってほしい。これがシオンの内心であった。そもそもである。ラースル辺境伯をシオンがよく知らない以上、即答することはできかねるのだ。

「それは何かな。我らラースル辺境伯ではなく他の貴族の派閥に与すると。そう申しているのかな？」

笑顔で圧をかけるクリュエ。しかし、威厳が足りない。経験も足りていない。それではシオンを動かすには何もかもが不足している。シオンは百戦錬磨の傭兵出身なのだ。

「この身を引き立ててくださった、大恩あるのはシュティ大公にございます。大公に与するは自明の理かと」

「助けてくれるのは遠くの親族ではなく、近くの他人だぞ？」

「たとえ親切な他人が居たとしても忘恩の者は誰も助けません。でしょう？」

用意されたワインで喉を潤す。そしてシオンは思案する。どうして執拗に自派閥にシオンたちを加えたがるのかと。

自分で思うのもなんだが、人口は千人に満たない、弱小領地でしかないのだ。

「そうか。其方は忠義に厚い騎士のような男であったか。承知した。帰って父に伝えることにしよう」

「お力になれず、恐縮ではございます。しかし、良き隣人として今後とも手を取り合い、帝国の発展のために協力し合えたらばと思っております」

シオンはよくもまあ自分の口から浮ついた思ってても居ない美辞麗句がつらつらと出てくるなと感心していた。もちろん顔は笑顔である。

クリュエたちを見送り、インを呼びつける。そして彼女にこう問いかける。周囲の貴族の状況を教えてほしいと。まさか自分に調略の手が伸びてくるとは思ってもいなかった。

「はい。最寄りの貴族となると山を挟んで向こうのオペチャム子爵です。そして、この辺で権力を握っているのが先程のラースル辺境伯ですね。辺境伯には四家が寄子として存在してます。オペチャム子爵もその一人です。寄子ではありませんが、他にも我らのような准男爵や騎士がちらほらと」

インが矢継ぎ早に告げる。ラースル辺境伯の下にオペチャム子爵、ロレック子爵、ブオーノ男爵、ドレン男爵の四家が居ると。そして、問題なのはここからである。

「ラースル辺境伯には嫡子が二人居ます。先程のクリュエともう一人、ルリュエです」

「ほう」

嫡子が二人という言葉に違和感を覚えたシオン。嫡子とは嫡出した最初の子である。それが二人いるということはどういう意味なのだろうか。尋ねるより先にインが答える。

「クリュエとルリュエは双子です。自我が芽生えた頃から二人は自分が兄だと言って聞かないのだとか。それが十何年も続き、辺境伯も手を焼いているのだそうです」

「どちらが跡を継ぐのか、決めていなかったのか」

「最初はクリュエが継ぐことになっていたのですが、三歳の時にルリュエが異を唱えたようで。まあ、確かに両方とも長男のようなものですからね。そこから拗れて互いに派閥を形成しているみたいです。辺境伯は子どもの戯言と楽観視していたようですが、それが思わぬ結果になったようで」

「ああ、それでか」

シオンは得心した。どうしてクリュエが准男爵であるシオンに声をかけてきたのか。それは自分の派閥を広げるためだったのだ。おそらく自分に味方してほしかったに違いない。

詳細を話さなかったのは弟――だと思っている――ルリュエに味方されたら困ると思っていたからだろう。足元を見られるから。だから詳細を話さずに味方にする必要があったのだ。

「これは……拗れるだろうな」

「いえ、既に拗れてます。家中はどちらを次期当主に据えるか割れているようですよ」

「なんともまぁ」

クリュエが長子と指名されたのだからクリュエが継ぐべきという正統派とルリュエのほうが優秀なのでルリュエが継ぐべきという実力派に分かれているようだ。どうもルリュエのほうが人望もあり、優秀のようだ。

それは本人の努力の賜物だろう。よほど悔しかったのだ。自身が次男であると一方的に決めつけられて。逆にクリュエは胡坐を掻いていたに違いない。

「ま、触らぬ神に祟り無しだな。次の当主が決まるまでそっとしておこうぜ」

「そうもいきません。もし、帝国から招集がかかれば、私たちは帝国北方軍として辺境伯の指揮下に組み込まれるからです」

「それは……そうなるわな。であればとりあえず近々挨拶に入っておくか。ま、何事もないことを願うばかりだ」

シオンは理解していた。そういう時に限って何かが起こると。そのためにも、兵をしっかりと鍛えておこうと思った彼は、館を後にし、再び兵の指導に熱を入れるのであった。

## 【東暦　一〇〇五年　五の月　一の日】

このバレラードの地にようやく羊が届いた。羊なんてものは乳を絞って良し、食べて良し、毛を刈って良しの三拍子揃った生き物なのだ。買わない（飼わない）という手はない。

餌もその辺の草を食わせておけば良いのである。シオンはテレビで芸人が山羊だか羊だかと一緒に田舎町をぶらぶらするバラエティ番組を思い出していた。

もちろん、繁殖や食肉目当てで将来的な資金源として育てるのであれば餌には気を使ったほうがよい。しかし、今の状況ではその餌を捻出するのも難しいのである。

彼ら彼女らには当分は雑草で凌いでもらうしかない。

「あー、暇だなー」

羊を囲うための柵をつくるため、杭を打ちながらシオンは独り言つ。彼は今まで斬った張ったの世界で生きていたのだ。領地の内政が退屈に感じるのも無理はない。

人とは欲深い生き物である。現実世界に居た頃は異世界へ行きたい、平穏な生活は嫌だ、と思っていたにもかかわらず、いざ来てみると平穏な生活が良かったと思うのだ。

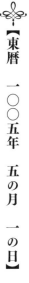

そして異世界で命を賭けて小さな成功をし、悠々自適な生活ができそうになったら今度は殺伐とした世界が懐かしく思えるのである。

杭を打ち、そして木の板を貼って柵にする。それらを新たに雇った兵たちとともに励み、領主の館の隣に百坪ほど羊の牧場が誕生した。

さて次は羊たちの小屋に着手しようとしたところでシオンはいつの間にか傍に来ていたエメに袖を引っ張られた。

「どうした。エメ」

「ちょっと相談がある」

エメが相談だなんて珍しいと思ったシオンは、小屋づくりをそのまま配下のアレンたちに任せ、彼自身はエメの話を聞く。

彼女はシオンを屋敷の執務室まで連れていく。中にいたインとララが二人をちらちらと見ていた。どうやらインとララもかかわっているようだ。

「で、話って？」

「村に水がなくて困ってる。水を分けてほしい。なんでも言うことを聞くのでお願いします」

深く頭を下げるエメ。驚くシオンとイン。ララは平静を装っていたが内心はどぎまぎしていた。とりあえずシオンはエメの頭を上げさせる。

「ちょっと意味がわからないな。水が足りないというのはどういうことだ？」

「井戸の水だけでは畑に水を与えられない」

エメが言うには井戸の水を枯らすわけにはいかないので、大量の水を使えない。

しかし、雨水を貯めておくにも限度がある。そこでシオンの私物である産水の魔石を使わせてほしいとのことであった。言葉が足りないにもほどがある。

シオンとしては最初から村のために使おうと思っていたのだが、エメはシオンの私物だから筋を通さなければならないと思ったのだろう。彼女にしては正しい考え方である。

「エエエエメちゃん。軽々しくなんでも言うことを聞くなんて言っちゃ駄目だよ!」

「別に。シオンならいい。シオンは、シオンなら信頼できる」

動転しているイン。逆にエメのほうが落ち着いていた。シオンも男なのでやましい考えが頭を過ぎるが振り払い、今は政務に集中する。

産水の魔石を貸し与えることは問題ない。問題なのは盗難や紛失だ。

「エメは水を手に入れることができればいいんだよな?」

コクリと頷く。それならば考えるべきは用水路をつくることだ。できるならば水を汲みに行く手間も省きたいところである。インに声をかけるシオン。

「イン、この村の地図を」

「はいです」

インがつくったバレラードの詳細な地図だ。領地が広くないため、そう時間はかからずに地図を製図することができた。主要な部分の精度も悪くはないとシオンは思っている。

「水がほしいのはこのあたりだな。しかし、ここに置いておけば盗難の恐れがある。そのため、この屋敷の中から……こう掘り進めて最後に溜池をつくる。これでどうだ?」

インとエメが真剣な表情に切り替わる。そして、二人であーでもないこーでもないと話し始めた。どうやら良い方向に転がり始めたようだ。

「もっと柔軟に考えろよ。別に溜池は一か所じゃなくてもいいんだからな」

「ですが、湧き出す量がそう多くないので、分散してしまうと水が貯まりませんよ」

シオンが良いことを言おうとしたのだが、インがそれを一蹴する。そして悟る。シオンはこの件に関して口出しをしてはいけないと。彼が考えるのは防犯のほうだろう。

産水の魔石を盗もうと考える輩は少なくはない。何せ手に入れれば大金が保証されるのだから。ただ、警備に割く人員も限られている。さてどうしたものかとシオンは頭を悩ませていた。

「シオンさん、決まりました。このお屋敷から村の外れを通って畑のこの位置に溜池をつくりたいです」

シオンはインとともに地図を見る。その予定を見るとどうやら一キロ強の用水路をつくらなければならないようであった。しかし、これも村の発展のためと割り切ることにする。

「それは構わないが、この産水の魔石を盗まれないようにするにはどうすればいいんだ？」

そう尋ねると意外な答えがエメから返ってきた。どうやらこの問題に対する解決法は編み出されているらしい。シオンは傾聴する。

「沈めればいい」

そう。沈めるのである。つまり、家の中に深さ三メートルほどの水汲み場をつくるのである。その中心に産水の魔石を発動状態にして沈めるというのだ。

「魔石を発動状態にするにはどうすればいいんだ？」

「あらかじめ数百年分の力を注ぎ込んでおけば大丈夫です。あまり大きな魔石ではありませんし、私でもできると思います」

インが答える。シオンは魔石や魔力といった魔法に関しての知識には人一倍疎い。なので、この件はインに任せることにした。

シオンが行うのは二つ。一つは魔石を安置させるため屋敷に水汲み場を用意すること。

そしてもう一つは用水路と溜池を作成することである。どちらも力仕事だ。シオンは羊の小屋づくりをしているアレンたちを呼び出し、今度は穴掘り作業をさせるのであった。

## 【東暦　一〇〇五年　五の月　一〇の日】

クリュエ＝ド＝ラースルは焦っていた。その地位に胡坐を掻き、弟のルリュエにその座を奪われようとしていたからだ。しかし、それもこれも自分で蒔いた種である。

いや、彼は彼なりに頑張っていた。その頑張りが成果と結びつかなかっただけなのである。

事実、彼は劣勢になっていた。弟のルリュエは人望もあり、努力家なのだから。その人間が報われる。何もおかしな話ではない。しかし、クリュエとしては面白くないだろう。

最初、自分が跡継ぎとして指名されていたのだ。それをいきなり梯子を外されたのだから怒っても致し方ない。と、クリュエは思っている。

彼は暗愚ではない。かといって聡明でもない。凡庸なのだ。落ち度もないのに後継者から外されるのは到底受け入れられない話である。

「何か方法はないか？」

やろうと思えばなんだってできる。暗殺に毒殺、人を雇っての刺殺などだ。ただ、彼にはその勇気がなかった。それとなく失敗して信頼を失ってくれればそれでよいのだ。

「クリュエさま、シオン＝バレラード准男爵がお見えになっておりますが、お会いになりますか？」

「どうせ父上に会いに来ているのだろう」

「そうなのですが……ルリュエさまは同席されると」

家令からその事実を聞いた瞬間、クリュエは席を立った。ルリュエが出るのであれば自身も出る。それがクリュエであった。

身嗜みを整え、応接間に入る。そこには既に父であるデリク＝ド＝ラースルその人がいた。

「失礼いたします。ご無沙汰ですな、バレラード卿」

「これはクリュエ様。ご挨拶が遅れて申し訳ございません。当家をお訪ねいただいた日以来ですね」

シオンとクリュエが和やかに会話を始める。そのことにクリュエは違和感を覚えていた。

彼の中では、シオンという男は狂犬のような、ぎらついた危なさを持った男だと認識していたからだ。デリクが口を挟む。

「失礼ながら愚息とはお知り合いで？」

「ええ。私がこちらに封じられて間もなくの時に。私が封じられたばかりだったので気を使っていらっしゃってくださったのでしょう。感謝しております。流石は嫡子ですね。良い跡継ぎに恵まれて羨むばかりです」

シオンがにこやかにデリクに告げた。クリュエは目の前の男が前回話した男と同一人物なのか疑うほどであった。

そこには父に過分に遜る男が居たのだから。毅然とした態度はどこへ行ったのだろうか。

「そうだったのか。クリュエ、少しは見直したぞ」

「あ……ありがとうございます」

頭を下げるクリュエ。それとは対照的に唇を噛むルリュエ。准男爵だからと軽視していた結果、このように自分を貶められるとは思ってもいなかったのだ。シオンはその仕草を見逃さなかった。

「私のような准男爵にまで細やかに配慮いただけるとは思いもよりませんでした。私を准男爵に叙してくださったシュティ大公には大恩がございますが、クリュエ様の優しさは、それに負けずとも劣らぬもの。私は感動いたしました」

シオンはクリュエを持ち上げ続ける。デリクも満更ではない表情であった。

それとは対照的な表情をするルリュエ。シオンの狙いはわかりやすく、兄弟仲の対立を煽ることであった。

こと、ここまで拗れているのであれば兄弟仲を引き裂き、シオン自らが付け入る隙を生み出そうとしていたのである。混沌は窮地であり、好機でもあるのだから。

「これからも末長く良好な関係を築くことができればと考えております」

「それは願ってもないこと。こちらこそよろしく頼む」

「困りごとがあればクリュエ様を頼らせていただいても？」

「もちろんだ。クリュエ、頼んだぞ」

「は、はい！」

会見は和やかに終わった。シオンはそう思っている。彼はルリュエのことなど、最初から眼中になかったのだ。

このまま順当にいけばルリュエが勝つ。だが、勝ち馬に乗っても旨味は大きくない。

それならばクリュエに乗り、彼を勝たせるほうが旨味は大きいと判断したのである。ロメリアを助けた時と同じ思考だ。

そしてインもその考えを支持していた。なので、デリクの前でクリュエを持ち上げたのだ。

デリクとの会見が終わった後、シオンはクリュエに呼び出されていた。彼の私室である。

室内には豪華な調度品が並んでおり、如何に大切に育てられたのかが窺えた。

「バレラード卿、あれはなんの真似だ？」

「はて、あれとは？」

「惚けるなっ！　なぜ私を持ち上げるようなことを言ったのかと聞いているのだ！」

机を叩く。ドンという音が響いた。その音は軽く、威厳も足りない。シオンは溜息を吐きながらクリュエの問いに答えた。

「持ち上げてくれと頼みにやってきたのはお坊ちゃまのほうでしょう」

シオンは部屋にあったワインを勝手に開け、そのまま口を湿らす。

クリュエがバレラードを訪ねた理由は自身に味方をしてほしいから。そしてシオンはその要請通りにクリュエの味方をした。何もおかしなことはない。

「であれば、だ。何故あの時にそう伝えてくれなかったのか。理解に苦しむ」

「それはあの当時の私にそれを判断するだけの情報がなかったからですよ。だが、今は違う。明確に坊ちゃまの味方をすると宣言しましょう」

クリュエにはシオンの笑顔が怪しく見えた。何か裏があるに違いないと。しかし、それはに考えれば直ぐにわかることだ。人間が欲するものと言えば金、地位、名誉のどれかである。

「信じてよいのだな？」

「それはお任せいたします。しかし、信じるしかないのでは？」

シオンはクリュエを追い詰める。本来ならばシオンよりクリュエのほうが上になる力関係が正しいのだが、何故だかシオンが主導権を握っている。これはかりはくぐってきた修羅場の数が違う。

クリュエも社交界に何度も出ているが命まで取られることはない。

しかしシオンの、傭兵の交渉は一歩間違えれば死である。それで生き残っているのだから交渉も上手くなるわけだ。

「さあ、詳しい『お話』を始めましょうか。お坊ちゃま」

こうしてシオンは旗色を鮮明にし、クリュエとの密談に入る。身構えるクリュエ。

シオンは飄々とクリュエにこう要求する。オペチャム子爵を味方に引き入れろと。そうすればラースル辺境伯領の北側は完全にクリュエ派になるのだ。

「いや、そうしたいのは山々だがどうやって引き込めばよいのだ？」

そう。クリュエとしても引き込めるのならば引き込んでいるのだ。その方法がわからないので困っているのであって。そんなクリュエにシオンの毒牙が伸びる。

「坊ちゃま主導で街道の整備を行いましょう。失礼」

シオンが地図を用意する。シオンが地図を持っているということは、インの入れ知恵を事前に貰っていたということなのだ。その地図を使って説明を続ける。

「このラースル辺境伯領の領都であるラースリアから北東に道を伸ばし、新たにオペチャム子爵領の第二の都市、レイラノッドにつなげる事業を共同で行うのです。もちろん、私たちも協力しましょう」

「そ、そんなので味方に引き入れられるのか？」

「少なくとも嫌悪はされないでしょう」

インは何を狙ったのか。簡単なことだ。純粋にクリュエとオペチャム子爵が接触する機会を増やそうとしたのだ。また、街道を伸ばしてくれるのである。嫌な顔はしないだろうとの判断だ。

そしてシオンは嵐を呼ぼうとしている。兄弟喧嘩という名の嵐を。シオンは嵐の中でこそ輝くのだ。

昔、そんな歌があったなとシオンは思っていた。

「このままじっとしていてもチャンスは転がってきませんよ？　いや、むしろ……」

嫌な部分で言葉を区切るシオン。クリュエはその続きを想像し、ごくりと喉を鳴らした。

「そうか、そうだな。よし、今すぐオペチャム子爵のもとに向かおう！」

その言葉を聞いてシオンは安堵の表情を浮かべるのであった。

◇◇◇

クリュエはシオンに連れられてオペチャム子爵のもとを訪れていた。もちろん、父であるデリクに断りを入れ、先触れを遣わせてである。勝手に振る舞う勇気はクリュエにはない。

オペチャム子爵はシオンとクリュエを丁重に持て成してくれた。わざわざ敵を作る必要もない。持て成さない理由がないのだ。極めて道理に沿った行動である。

「クルーゼ＝フォン＝オペチャムだ。シオン＝バレラード准男爵にお会いするのは初めてですな。これからも良き隣人としてよろしくお願いしたい」

クルーゼ＝フォン＝オペチャムと名乗った男は三十前後の紳士的な男性であった。どうやら代替わりを果たしたばかりのようである。

先代のオペチャム子爵――彼の父――は帝都で余生を過ごしているようだ。

「こちらこそです、閣下。若輩者ゆえ色々とご迷惑をお掛けするかもしれませんが寛大な心でお許し願いたく存じます」

シオンとクルーゼが和やかに話を進める。そこに割って入ったのがクリュエであった。

あからさまに上がっている。シオンですら気が付いたのだ。外交経験豊富なクルーゼも気が付いているだろう。

「さっ、早速だが本題だ。オペチャム卿、新たに我が領との街道を整備してみないかね？」

「これはまた急なお誘いですな。具体的な内容をお聞きいたしましょう」

クリュエが具体的な話を始める。と言ってもシオンとあらかじめ打ち合わせしていた通り、ラースリアからオペチャム子爵領の第二の都市レイラノッドへ道を伸ばすだけである。

その距離は十キロ前後。さらにレイラノッドから北に十キロ強進んだところにバレラード村が存在している。シオンにとってもレイラノッドは物資補給の重要な拠点なのである。

そもそもレイラノッドは人口が五千人の大きな町なのだ。オペチャム子爵領で二番目に大きい街で既にバレラード村よりも五倍多い。これが子爵領の領都だと更に差が開くことになる。

「それは良い話ではあるが、如何せん懐事情が……」

「もちろんである。持ち掛けたのは私だ。私が予算は出そう。その代わり、当家のビネガーと蝋燭の税を減税していただきたい」

目を瞑ってクルーゼが考える。もし断った場合、今までの生活に変化はない。いや、辺境伯との関係が少し拗れることが予想される。これはデメリットだ。

逆に承諾した場合は街道の整備は進むのだが税収が減ってしまう。街道の整備をしてもらうのだから止むを得ないだろう。

つまり、税収の減りよりも街道の整備にかかる費用が高いのであれば受けるべきなのだ。

「では、減税ですが、それらの税収から一割を『クリュエ様に』返還する、というので如何でしょうか？」

「その条件で構わない。これからもこのクリュエをよろしく頼むぞ。まずは連絡の方法だが――」

クリュエは何も疑うことなく二つ返事で了承した。というのも、彼の父はこの街道整備の事業の話を聞いた時、クリュエ自身がステップアップするための勉強代だと割り切っていたからである。

帝国の北方の盟主であるラースル辺境伯は周囲の街道の整備を行う必要がある。所謂ノブレスオブリージュだ。

なので、クルーゼが費用を出せないと言っていたら全て自費で行っていただろう。

クルーゼも貴族としての面子があるため、対等な交渉にしたいという思惑がある。

ただしてもらうだけではなく、対価を支払っているという事実がほしいのだ。貴族に大事なのは誇りと面子の二つのみなのである。しかし、それを持ち合わせていない者もいる。シオンだ。

「助かります。我が領には商会もなく、物資の調達に難儀していたところなのです。これで麦や塩の輸送が楽になります」

にこやかに、悪びれもなくさらりと話すシオン。暗にクリュエがレイラノッドからバレラードまでの街道整備を行うのだと言っているようなものである。

彼がそう言うのだから、実際に行ってもらうのだろう。クリュエではシオンにどう足掻いても勝てない。

「これからも良き隣人であらんことを」

「これはこれは。お手柔らかに」

「うむ。これからもこのクリュエをよろしく頼むぞ」

今回の会談で一番の利益を得たであろうシオンは、本日一番の笑顔を見せたのであった。

## 【東暦　一〇〇五年　七の月　二〇の日】

シオンは考えていた。兵を鍛えて三か月。そろそろ兵士たちに実践を経験させたいと思っていたのだ。実践、つまり人殺しである。

しかし、手頃な相手がいない。当たり前だが、理由もなく手あたり次第に殺しにかかるわけにもいかない。

だが、兵士というのは人を殺して一人前になるのだ。シオンもその日暮らしの時に切羽詰まり、依頼で初めて人を殺し、覚悟を決めていた。

殺したのは盗賊であり、正義は我にあった――とシオンは思い込んでいる――が、その手の感触は今でも覚えている。

殺すということは殺されるということ。殺したのがたとえ盗賊だろうと罪人だろうと誰に恨まれて殺されても文句を言わない。シオンは覚悟を決めている。

「シオンさまはお貴族様になる前、どんな生活をしていたの?」

ココにそう問われる。シオンはそうだなぁと呟いてからゆっくりと天を仰ぎ、「オレが異世界人だって言ったら信じるか?」と尋ねてからぽつぽつと己の境遇について話し始めた。

二年くらい前の出来事だった。それはシオンが高校を卒業する日。古武術道場を営む祖父に呼ばれ、彼の道場を訪ねていた。

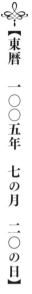

「紫苑ももう十八か。早いものだな。成人か」

祖父がそんなことを言う。紫苑は祝いの言葉と餞別くらい寄越せと祖父に強請っていた。

すると祖父は少し待てと言って道場の奥に引っ込んでしまった。

数分後、祖父は戻ってくる。その手に定寸の日本刀を持って。それが今、紫苑が愛用している志津三郎兼氏だった。

もってけ。そう言われたので素直に持っていく紫苑。売れば数十万、下手したら数百万の価値ある刀だ。卒業祝いとしては妥当だろう。彼は満足していた。

ただ、幸せな時間はそこまでだった。道場から出た瞬間、彼は全く見知らぬ土地に転移していたのである。

どこまでも広がる青空。地平線が見えそうな草原。振り返っても道場はもうない。

紫苑はそこから必死に生き抜いた。あるのは日本刀と祖父に鍛え上げられた剣の腕のみ。最初はあくどいことにも手を染めた。生きるためだと自分に言い聞かせて。

「だからな、ココ。お前の気持ちもわからなくはない。弱ければ搾取される。強くなれ」

そう言ってココの頭を撫でるシオン。奪われないために鍛える。それはココだけじゃなく兵士たちもだ。しかし、その機会が来ないのだ。

「ま、こればっかりは仕方ないわな。平和なのは良いことだ」

そう呟いた矢先のことであった。行商人の馬車がこちらを目掛けて全速力で駆けてくる。シオンは経験上、行商人の馬車が何者かに追われているのだと気が付いた。

何者なのか。それは盗賊の類である。シオンは兵士の一人を捕まえて招集の笛を吹かせた。辺りに甲高い音が響く。住民たちも慌てて家の中に入り、身を縮こまらせていた。

この笛は事件の合図だ。領民は全員速やかに自宅に避難し、隠れるよう通達してある。この時代の避難訓練は遊びではない。命懸けだ。そして今回は訓練ではないのだ。

兵士たちが顔を強張らせながらシオンのもとに集結する。その数は二十一人。三交代制で九人は非番だったため、寝ているのだろう。

これればかりは仕方がない。念には念を入れ、インに叩き起こさせに行く。

「まずは行商人の保護を最優先。必ず三人一組で動くように。死ぬんじゃないぞ！」

「「「はっ！」」」

シオン自身も剣を抜く。安物の片刃の剣だ。賊の数は見える範囲で十人。小さな行商人を襲うのだ。人数が多いわけがない。

しかし、欲を抑えきれずにここまで追ってきたらしい。馬鹿な真似をしたものだ。シオンは彼らを蔑む。そしてまずは一人。走り疲れている賊を躊躇いなく切り殺す。首と胴がおさらばだ。

周囲を見る。どうやらまだ兵士たちの理性が人を殺すということを抑え込んでいるようであった。しかし、それでは仲間が、家族が、自分が殺されるだけである。

「躊躇うな！　殺せ！　でなければ仲間が死ぬぞっ！　家族が殺されるぞっ！　生きたければ殺すんだっ！」

檄を飛ばすシオン。自身の狂気を伝播させる。人を殺めるという作業がどれだけ心理負担になるのか、身をもって理解しているのだ。

　世界大戦時、相手を斃すために引き金を引けた人数は全体の二割程度という説もあるほどである。殺すよりも殺されることを選んでしまう人間が少なくないのだ。

　しかし、一度人を殺めてしまえば、悲しいかな慣れてしまうものである。なので零から一、最初の一歩を踏み出せれば。シオンはそう考えていたのだ。

　シオンの言葉に従い、一人また一人と槍を突き刺し、振り下ろしていく兵士たち。シオンが鍛えた元気いっぱい装備万全の兵士と走って疲れている賊。どちらが強いか言うまでもない。

　遠心力のついた穂先が盗賊の肋骨を砕いていく。殺せないまでも戦闘不能にまで持っていくことができた。

　殺せと言われれば戦闘不能にまで持っていくことができる。戦闘不能にしろと言われたら無傷で逃がしてしまうだろう。

　ならば殺すにはどうするか。意図的に明確な意志をもって殺させるのである。

　おおよその盗賊を打ち払ったシオンたち。シオン本人が二人斬り殺し、六人が苦痛でのたうち回っている。残りは逃げ去っていった。

　シオンは兵士の小隊長であるアレン、イムス、ウッド、エレン、オルグ、カース、キアヌ、グールド、ゲイナー、コスタの十名に命じる。

「こいつらを、殺せ」

　それだけを手短に伝える。冷静に考えれば殺してあげたほうが盗賊たちも嬉しいのだ。治療されて、拷問されて、殺されるくらいなら、今いっそ殺されたいと願うだろう。

しかし、手を下す側としては冷静な判断ができない。人を殺すのだ。いくら上長の命令とはいえ、二の足を踏んでしまう。

「ひぃぃっ」

「いや、やめてくれ、許してくれぇっ」

「オレたちが悪かったたっ。改心する、だから――」

意を決し、最初に槍を手にしたのはゲイナーであった。そして苦しんでいる賊の胸に何度も何度も槍を突き刺す。それはシオンが止めるまで続いた。

そのゲイナーを見倣ってアレン、エレン、オルグ、グールド、コスタの五人も続く。彼らの軽鎧は、両手は血に濡れて真っ赤だ。

皆、肩で息をしていた。それだけ必死だったのだ。人を殺す。その重みをシオンも改めて感じ取っていたのであった。

## 【東暦　一〇〇五年　七の月　三〇の日】

それからは兵士たちの訓練にも熱を帯びていた。やはり賊の命を奪ったのが大きな要因だろう。顔つきが明らかに違う。

街道の整備も進み、徐々にだがバレラードの地に活気が色づき始めていた。それは村長の世代交代も大きな要因だったに違いない。そんなことを思いながら羊を撫でる。

「シオンさまー！　これを！」

シオンが羊と戯れていたところ、インがシオン目掛けて駆け寄ってきたのである。その手に握られていたのは一通の手紙。蝋印はシュティ大公家のものが押されていた。

シオンはそれを手に取り、蝋を割って中に目を通す。そして天を仰ぐ。とうとうこの時が来たかとシオンは思っていた。インが中身を読みたそうにしているので、手紙を手渡した。

「戦……ですか」

「だな。はー」

手紙には戦の用意を整えておくようにとの忠告の文言が並んでいた。

どうやら帝国の南東で小競り合いが発生しており、それが大戦に発展しそうなのだ。

その理由は至極簡単。帝国と隣接し、敵対している王朝が領地を広げんと試行錯誤しているのだ。

帝国としても大人しくやられているだけでは気が済まない。

向こうがその気ならと、逆に王朝に攻め込んで王朝から金銀財宝などを根こそぎ奪ってこようとしているのである。やはり戦争はお金になる。もちろん、勝てればの話だが。

勝てなくても戦争をするだけで大金が動くのだ。商人が貴族を唆し、貴族が平民を追い詰める。どの世界でもこの構図は変わらない。

理由はともあれ、帝国のこの考えにシオンは賛成だった。戦うならば敵地で戦うべき、がシオンの考えである。戦場は悲惨だ。防衛だろうが攻勢だろうが敵地で行ったほうがいい。

しかし、そうは言ってもシオンが動かせるのはたったの三十名だけ。小隊ほどの人数しか用意できていないのである。更に言うならば昨日今日集めたばかりの新兵だ。

だが、功を上げて褒美をもらう良い機会である。シオンは急ぎ、その三十名の兵を集めた。

それからインに命じる。旗を作れと。シオンが此処に居るということを証明するための旗を用意させようというのだ。しかし、インが逆にシオンに尋ねる。

「あのー、どんな旗にするんですか？」

「あー」

そうなのだ。新しく家を興したとなれば元となる旗はない。そして龍や鷹、蛇や獅子など有名どころの動物は使われてしまっている。

剣や弓もだ。同じモチーフを使用してしまうと判別が難しくなるので推奨されていない。

もちろん分家などであれば話は別だ。しかし、シオンは一から家を興した。シュティ大公家に大恩はあるが、紋章はまた別の話である。

集まった兵士たちもシオンとインがやいのやいの言い合っているのを興味深く見守っていた。

「あー、もうわかった。じゃあ旗は真っ黒に染め上げろ」

「それからどうするんですか？」

「それだけだ」

「え？」

「だから、それだけだ」

シオンは真っ黒な旗を自身の紋章にしようとしていた。昼間の戦場であれば目立つ上に製作も手軽である。兵士たちの軽鎧にも簡単に記すことができるのだ。

「とにかく、旗の話はこれで終わりだ。オレの旗は黒。以上、終わり！」

そう言ってシオンは話を打ち切り、兵士たちの訓練と迫り来る戦へと頭を切り替えるのであった。

兵士の訓練をしていてシオンは思う。全員の顔つきが格段に良くなったと。それもこれも実戦を経験させたからに違いない。そこでシオンは彼らに先程の手紙の内容を告げることにした。

「皆にはあらかじめ伝えておきたい。これから戦になる。そのお触れがシュティ大公から届いた。いいか、周囲が自分を守ってくれると思うな。戦う時は常に一人だ。殺される前に、殺せ」

誰かがゴクリと喉を鳴らした。シオンは今まで集団行動や仲間との連携を叩き込んでいた。だというのに、周囲を頼るなと言い始めたのだ。これはどういう意図か。

簡単なことである。戦場という非日常で今まで通りの実力を発揮できると思っていないのだ。この前の盗賊退治がそれを物語っている。彼らにはまだ早かったのだ。

それならば自分だけが生き残ることを第一にさせようと方針転換したのだ。幸か不幸か数名は人を殺すことを覚えた。生き残るには相手を殺すしかないのだ。

「今日からはみっちり一対一を鍛えてもらう。弓兵たちもやって損はない。個々の戦力を上げてもらうぞ。まずはアレンとゲイナー」

そう言ってシオンは一人ずつ名前を呼びあげる。そして全員が見守る中、一対一を始めさせたのだ。両名とも槍を構える。と言っても先端が丸く羊毛で覆われている練習用の木槍だが。

「始めっ！」

アレンとゲイナーが槍を振るう。そして数合打ち合い、少しぐだぐだしながらもゲイナーが勝利を収めた。

ここからがシオンの訓練の真髄である。今の模擬戦を全員で講評するのだ。

「アレンがゲイナーに勝つためにはどうするべきだった？　また、ゲイナーの良かった点はどこだ？」

「ゲイナーは長い手足を有効に使っていたと思います」

そう答えたのはオルグである。シオンはまずオルグをほめる。そして、そのオルグに対し、さらに詳細に深掘りするための質問を追加した。

「そうだな。オルグの言う通りだ。ゲイナーは長い手足を有効に使っていた。では、オルグ。お前ならどうやってゲイナーに勝つ？」

「え？」

「見せてみろ。次、ゲイナー対オルグ！」

シオンは二人を対峙させる。両者ともに槍を構えた。さてどうするか。シオンは自分が手足の長い相手と対峙した場合を想定して考えてみた。

まず、第一に手足が長いということは切り返すまでに時間がかかるということである。しかも得物が槍なので、懐に入ってさえしまえば勝ちは固い。相手が素人ならばの話だが。

なので紙一重で躱して返す刀で斬り殺す。これを最初に思いついていた。しかし、素人には真似のできない芸当である。ならばどうするか。次に考えるのは槍の先を潰す。これに限る。

穂先を切り落としてしまえば槍の攻撃力は大幅に減少する。とはいうものの、穂先を切り落とすことは難しい。

なので、穂先を使い物にならなくするのだ。盾を使うのは有効だと思う。もしくは更に遠距離で仕留める。これが常道だ。

何も槍に対し、槍で倒せなんて誰にも言ってない。もっと柔軟な発想をしてほしいものだとシオンは思っていた。

ちなみに槍の達人は懐に入られても強い。柄を上手く使うのだ。槍術は棒術でもあるのだ。シオンも日本に居た時は祖父の友人である槍術の達人に苦しめられた苦い経験を持っていた。

そんなことを考えているとゲイナーがオルグの首筋に槍を当てていた。これは勝負ありである。シオンは思考を振り払い、号令をかける。

「はい、そこまで！　オルグ、ゲイナーに勝てると思っていたか？」

「……いえ、思ってませんでした。勝ち筋が見えてませんでした」

「そうか。そういう時はだな、一目散に逃げろ」

そう言うと全員が目を点にしてシオンを見つめていた。それもそうだ。自分の兵に逃げろと言う領主など皆無なのだから。しかし、シオンは真剣だ。

「勝てないのなら戦う必要はない。いいか、大事なのは『生き残る』ことなのだ。勝てないならば勝てる状況を作り出せ。オルグ、お前が勝てないと思うのであればオレに助太刀を願うんだったな」

そんなのありかよ。そんな顔をしていたがありなのである。戦場にルールはないのだ。最後まで立っていた人間が勝ちなのである。

「ま、今は稽古だ。逃げるのは禁止だが助っ人は許す。大事なのは死なない環境をつくることなんだ。ゲイナーも大人数に囲まれた時のために対処法を学んでおけ。よし、稽古を続けるぞ！」

こうして、シオンは戦までの残された時間を兵士三十名の技術のレベルアップ、戦場での立ち回り習得に費やすことにしたのであった。

# 第七章

## 【東暦　一〇〇五年　八の月　八の日】

シュティ大公からの手紙から遅れること数日。シオンのもとにラースル辺境伯から招集の手紙が届いた。どうやら本当に戦が起きるみたいだ。

アレンたちに戦支度の用意をさせ、ララに糧秣《りょうまつ》の手配をさせる。糧秣は現地にあるらしいのだが、念のため、片道の食糧を用意しておくことにする。

こういう時に産水の魔石が二つあればとシオンは思っていた。そんなことを考えながら馬に跨り、ココを伴ってラースル辺境伯のもとへと急ぐ。より詳細な事情を尋ねるためだ。

といってもラースル辺境伯も出陣するのだ。忙しいのはシオンも重々承知している。なので、クリュエに尋ねることにした。こういう時のために彼に取り入っているのである。

城の前で下馬し、馬を預けてから貴族の証を見せつけ、シオンとココが城内に入る。バタバタと人が入り乱れている中を掻き分けて進むシオン。そしてココに声をかける。

「ココ。情報を集めて回れるか？」

「もちろんです！」

ココと別れる。彼女に関してシオンはそこまで心配していなかった。味方の陣営内だ。大きなヘマさえしなければ大問題につながることはない。シオンは目当ての人物を見つけ、声をかけた。

「お坊ちゃん」

「お、おおう。シオン＝バレラード卿か、如何した。見ての通り立て込んでいるのだ」

クリュエは見るからに緊張していた。目が泳ぎ、今から汗が滝のように流れていた。シオンは察していた。これは彼の初陣であると。

「お坊ちゃまも出陣なさるので？」

「ああ、今回は私が父の名代として戦に出るのだ」

シオンは感じた。危ういと。おそらく功に逸って立候補したのだろうが、オレだったらば、この機に乗じてクリュエを暗殺する。そうすれば跡継ぎはルリュエただ一人だ。

よしんば暗殺できなくてもいい。戦で負けて帰ってくるだけでもクリュエの立場は弱くなるだろう。大局での負けではない。クリュエが負けて逃げ帰ってくればいいのだ。

「お坊ちゃまはどのような編成で出陣なさるので？」

「今回は千の兵で向かう予定だ。この場所からだと帝国の南東までの移動が手間なんでな。領地を長らくあけるわけにもいかないし、大人数で向かうのは得策ではないだろう。ルリュエが何を仕掛けてくるかもわからん」

クリュエの言い分も理解できる。王国と商業連合のために兵を温存しておかなければならないのだ。ただ、ラースル辺境伯であれば兵を温存していても三千は動かすことができるはずだ。

「率いる将は信頼できますか？　貴方は常に命を狙われていると思ったほうがいい」

「え？」

シオンのこの言葉を聞いて今度は青ざめるクリュエ。どうやら功を焦ったあまり、そこまで考えが回っていなかったようだ。

これ以上は付き合いきれないとシオンは欲しい情報だけ聞き出してさっさと帰ることにした。

聞きたい情報とは何か。それは相手の情報である。相手を知らなければ戦っても負けるだけなのだ。負けに不思議の負けはない。負けるべくして負けるのだ。

「只今戻りました！」

「ご苦労。報告を聞こうか」

「あいあい！」

ココからの報告を受ける。どうやら今回は小競り合いに痺れを切らした我ら帝国側が王朝側に殴り込むようである。

つまり、シオンは攻め手になるわけだ。攻め手と受け手であればシオンは間違いなく攻め手を選択する。それがシオンの性格に合っているからだ。

受け手は地の利というアドバンテージはあるが、どこから攻められるかわからない、攻め込まれるタイミングがわからないという不利な点もある。一長一短だ。どちらを選ぶかは好みだろう。

それと同じくらい重要なのが戦場の地図だ。

これをシオンは写させてもらう。もちろん、地図は国家機密に該当するので精緻な地図は用意できないが、大まかな地図ならばいくらでも手に入る。

最後に集合場所と集合時間を尋ねてバレラードへと戻った。既に出陣の準備は整っている。シオンはできたばかりの旗を掲げ、ゆっくりと再びラースル辺境伯領へと向かった。

集合場所には既に諸侯がそれなりの兵を率いて集まっていた。オペチャム子爵は四百、ロレック子爵は五百、ブオーノ男爵は二百、ドレン男爵は百である。合計兵数は四千を超えた。

そこにシオンが三十の兵とともに加わる。焼け石に水、雀の涙の人員である。馬に乗っているのもシオン一人だ。兵士たちの装備の貧弱さが逆に目立っていた。

ぞろぞろと戦地に向かって行進していく。その行進の最中でもシオンは口酸っぱく自分の命を優先して考えるよう、兵士たちに言って聞かせていた。

一日、また一日と進むにつれ兵士の数が多くなっていく。そして最終的な兵数はなんと三万五千にものぼっていた。王朝と領地を接している領主は全兵力をもって参戦していた。

それもそうだ。負けは死を意味する。文字通り死活問題なのだ。シオンたち北方の貴族のように兵力を温存なんて言ってられないのである。

今回の戦の総大将はブロンソン公爵であった。補佐として宮廷将軍のグラックスが付いていた。シュティ大公も参戦しているが、率いているのは名代のグレンダである。公爵本人が率いているのだ。彼よりも上役であるデュポワが居てはやりにくい。辞退して大将に花を持たせたのだろう。

シオンは到着報告を済まし、各所への挨拶もそこそこに兵にこう命ずる。周辺の環境をくまなく調べろと。

まずは地形を把握する。地図に載っていない集落がないか、地図が本当に正しいのか、敵は迫っていないかを確認するのだ。

「バレラード准男爵は居られるか!?」

「ここに」

馬に跨った騎士がシオンを探す。どうやら伝令のようだ。シオンが返答すると騎士は下馬して一礼をしてから伝令内容を述べた。

「バレラード准男爵は向こうの小高い丘の上に布陣をお願い申し上げる」

「承知した」

小高い丘の上。兵法的には有利な地形だ。しかし、囲まれた場合は不利になるとシオンは思っていた。馬謖《ばしょく》のように斬られたくはない。

ただ、今回はこちらから攻め込むのだ。囲まれる心配はない。

ここからは指示があるまで待機だという。だが、問題が一つあった。それは兵糧が乏しいことだ。食糧の支給はあるという話であった。情報が錯綜している。もし、本隊から支給がない場合、どうにかして工面しなければならなくなる。

もしくは撤退だ。参戦したという名目は果たした。もちろん戦う前に帰ったという不名誉は残るがシオンは名誉を重んじていない。

陣を指定された小高い山の上に移す。そして天幕を四つ張った。一つはシオンの天幕である。残りは三十人が交代で寝るための天幕だ。そのため、中はぎゅうぎゅうであった。こうして、初めての戦争が幕を開けたのであった。

## 【東暦　一〇〇五年　八の月　一〇の日】

「暇ですねぇ」

「そうだな」

ココが手持ち無沙汰にそう呟く。周辺の調査だけで時間が過ぎていく。一日、また一日と。どうやら睨み合いが続いているようなのだ。

そうすると食糧が枯渇しそうになった。なので、シオンは中央に伺いを立てた。周辺から食糧を調達してきてもよいかと。つまり、村々を襲ってよいのかと聞いたのだ。

回答は可。

シオンはその返答を伝令として遣わしていたオルグから聞いた時、にやりと笑ったという。兵たちを武装させて集合をかける。

おそらく、中央が集落を襲う許可を出した目的としては敵を挑発する狙いがあったのだろう。

「皆に伝えなければならないことがある。実は、食糧がもうない」

どよめく兵士たち。当たり前だ。食糧がないと言われたら誰だって動揺する。ただ、それを宣言するということは解消方法があるということだ。

「なので食糧を調達しに行く。ココ、地図を」

「あいさ！」

ココが地図を確認する。ここ数日の頑張りで地図には沢山の書き込みがされていた。そして近くの村の一つに狙いをつける。王朝の散村だ。

だが、シオンはこの期に及んで悩んでいた。問題はどれだけ苛烈に食糧を取りに行くかだ。流石に善良な市民を皆殺しにするのは気が引ける。さて、どうしたものか。

シオンは判断をするための情報をココに求める。

「近くに王朝の兵は来ているのか？」

「ここから東にあるドードリ砦に二万の兵が入ってると噂してました！」

距離は約二キロ。歩けば老人でも一日で到着できる距離だ。つまり、村人を逃がすこともできる。

自分にそう言い聞かせてシオンは覚悟を決めた。そして兵士たちにこう命じる。

「オレたちはこの村を襲いに行くぞ。全員、オレの指示に従え。絶対にだ」

「「ははっ」」

シオンは兵を引き連れて近くの散村に向かった。そして兵士たちに指示を出す。村人全員を一か所に集めろと。兵士はその通り、無抵抗な村人を暴力で恫喝しながら広場に集めた。

襲い掛かってくる村人に関しては、シオンが拳で黙らせた。殺してはいない。気を失わせただけである。

「バレラード閣下、集まりました」

イムスが仰々しくシオンを呼ぶ。シオンもわざとらしく「うむ」と言いながら重々しく頷いた。村人は全部で二百人くらいのようだ。バレラードよりも本当に小さな村である。

危ないと感じた村人は既に東へ逃げ延びたのも人数が減っている要因の一つだろう。なので、残っているのは逃げなかった年寄りが多かった。

「私たちは帝国の兵士だ。帝国からは王朝の民を皆殺しにするよう伝えられている」

シオンがそう述べると村人たちがごくりと喉を鳴らした。殺される。そう思っているだろう。しかし、シオンはそうしない。あくまでも恩着せがましくこう述べた。

「だが、私は無垢《むく》な民である貴方たちを殺すことはできない。見逃すので此処から立ち去れ。東に進めばドードリ砦が見えてくる。そこに向かうのだ。さあ、行け！」

村人たちが着の身着のまま逃げ出した。一人が逃げ出すと全員が逃げ出す。殺されると思ったのだろう。しかし、シオンは追い払うに留めた。それを見えなくなるまで眺めてから、全員で村を漁る。

「盗むんじゃないぞ。奪ったものは全部集めろ。それを均等に三十に分けるからな」

村には少量の食糧が保管されていた。その他にも王朝で使われている貨幣や鉄器具、衣類なんかを根こそぎ奪い、シオンが持っている収納の魔石にしまった。

入りきらない物資は乗ってきた馬を荷馬にして括り付けて輸送した。それなりの量が手に入ったと言えるだろう。

村人は巧妙に隠していたのだが、それを根こそぎ暴いていったのがココである。元盗賊としての鼻が利くのだろう。そんなココをシオンは頼りにしていた。

しかし、これで当分は食糧に困ることはなさそうである。それと同時に兵たちの士気が上がった。

食べ物だけじゃなく、臨時収入まで手に入ったのだ。シオンは彼らに兵士になって良かったと思わせたいのだ。

シオンも良い実入りとなったと喜んでいた。そしてふと思う。

戦争が起こるだけで稼げるのではないかと。彼らを鍛え、傭兵団化すれば貴族に恩を売れるだけじゃなく、こういった副収入にありつけると。

しかし、シオンは頭を振ってこの思考を除外する。喜んで戦争をする人間は悪だ。悪になる必要はないのだと。

だが、考えをブラッシュアップする必要はあるが、インに相談してみてもよいと思っていた。天幕に籠もり、シオンは考えをまとめる。

そしてまた何日か過ぎた。戦はまだ発生しない。ずっと睨み合ったままだ。流石のシオンも不思議に思い始めていた。何故戦が始まらないのかと。

答えは簡単である。王朝が持久戦を選んだからだ。帝国としては出兵している以上、何らかの戦果を上げたい。出征費も馬鹿にならないのだ。

味方は三万五千に対し、相手は二万。兵数では勝っているが敵方は砦に籠もっている。攻め掛かって勝てるかどうか。勝率は良くて三割だとシオンは思っていた。

そんなシオンのもとに来訪者が現れる。クリュエだ。戦に発展しないのでクリュエはこれ幸いとロビー活動に勤しんでいたのである。次期当主となるために。

「バレラード卿、ご機嫌如何かな？」

「可もなく不可もなく、といったところでしょうか。お坊ちゃまはご機嫌が良いようですね。煽てられでもしましたか？」

シオンは不貞腐れながら、さらりと辛らつな言葉をかける。

しかし、クリュエはそれを意に介していなかった。それほど諸侯に褒められたのが嬉しかったのだろう。シオンはオレならば今殺すと思っていた。

「いつまで此処で燻っているおつもりなのでしょう。お坊ちゃま、何か伺ってはおりませんか？」

「攻めあぐねているのは事実のようだ。軍議は紛糾しているみたいだぞ」

領地を荒らせば後の統治が難しくなる。それは避けたいようだ。かといって戦に勝つ見込みもない。それならばどうするか。シオンが一計を案じる。

「良い案が思い浮かびました。坊ちゃま。この陣に居るお偉方を教えていただけますか？」

クリュエが名前を羅列していく。その中にはシュティ大公の名代として家臣のグレンダの名もあった。彼女としては本望ではなかったのだが、当主と孫娘のロメリアから請われては断れない。

シオンはこれ幸いと諸将の軍議に参加させてもらうことにした。次の開催は明日の夕方だという。

そしてシオンは独り言ちた。

「頭を使うのは得意じゃないんだがなぁ」

生き残るため、そして無事に帰るためにシオンは足りない頭をせっせと絞り、どうやって諸侯を説得するかを考えるのであった。

## 【東暦　一〇〇五年　八の月　一五の日】

シオンはクリュエにお願いし、会議の場に紛れ込むことに成功した。

そこには上級貴族（名代も含める）のみがズラッと円卓に着席していた。その数はおよそ二十人。大公が一、公爵が三、侯爵が五、辺境伯が二、伯爵が九である。

議論は行き詰まっていた。明らかに皆が苛立っている。議題はいつも同じだ。進むか退くか。進んで勝てるのか。退いて示しがつくのか。面子と実利のせめぎ合いだ。

戦わずに帰るわけにはいかない。一戦するべきだ。勝てなくても示しが付く。いやいや、無駄に兵を消耗するわけにはいかない。恥を忍んで帰るべきだ。

こんな議論が繰り返されているばかりである。辟易している貴族、飽きている貴族も散見された。シオンは今ならばこの意見が通るかもしれない、そう思い、発言の許可を願い出た。

許可したのはシュティ大公の名代として参加しているグレンダだ。もちろん、あらかじめ根回しは済ませている。グレンダが諸侯を黙らせ、傾聴するよう仕向ける。

「お初にお目にかかります。この度、准男爵に封じられましたシオン＝バレラードと申します。さて、皆さん。そろそろこの場での待機も飽きて居られるかと存じます。そこで如何でしょう。まずは、この地を我ら帝国の地に組み込んでしまっては？」

「待て待て、バレラード卿。もっと詳しく説明し給え」

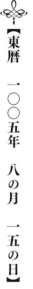

「かしこまりました」

クリュエが苛ついた声でシオンを制する。これも織り込み済みの芝居だ。そしてシオンが地図を使って彼の考えるプランを説明した。

まさか、詳細に書き込んだ地図が役に立つとは思ってもみなかった。

「この地図をご覧ください。現在の我々はここ。そして王朝兵が亀のように閉じ籠もっているのがこの砦です。つまり、我らもここに砦を築きます。そして、この砦の地より西側を我らの領土として固めてしまうのです」

戦の結果、領地が増えたのだと言えば帰還する大義名分が生まれる。諸侯らもそれは理解していた。となれば、別の問題が発生する。誰の領地にするかだ。

「ここは帝国の直轄地にしましょう。そして参加した下級貴族には報奨金を」

「報奨金はどこから出るのか？」

そんな声が貴族の間で上がる。当然の反応だろう。しかし、シオンは意に介さず、涼しい顔でしれっとこう答えた。

「皆様の懐から」

「何を馬鹿な！」

拒否しようと声を荒げる貴族たちを制止してシオンがさらに言葉を続ける。

「考えてもみてください。ずっとここに留まればそれだけ費用が嵩みます。それならばいっそのこと早く撤収し、金銭を下級貴族にばら撒いたほうが皆様方の利になるとご提案しているのですよ」

長期滞在することの損と下級貴族に金銭をばら撒く損。長期滞在する利と下級貴族に金銭をばら撒く利を比較すればどちらが良いかは火を見るよりも明らかだ。

この場に居る半数の貴族はシオンの言いたいことを理解していた。領地を獲得したという戦果も得られ、下級貴族も買収できる。無暗矢鱈に滞在しているよりは建設的だ。

「卿の言いたいことは理解した。しかし、帝国の直轄地と言うが代官は必要だ。誰が手配するのかね？」

「それはもちろん砦を築いた人が手配するのが道理でしょう」

砦を築いた資金と労力を提供したものがこの地を治める。道理だ。これだけの貴族が納得していれば皇帝も反論はできない。すれば対立を生むだけだ。

「若造めっ、何を言うかっ！」

椅子を蹴り倒して立ち上がったのは筋骨隆々の壮年であった。如何にも武辺者であるという風貌だ。ゴードラルド侯爵である。シオンはばれないように小さく溜息を吐いた。

「戦もせずに引き下がるとはなんたる恥晒し！　帝国の威光を地に落とすつもりかっ！」

「そういうわけではございません、閣下。誰も戦をしないとは申しておりません」

「其方は戦うと一言でも申したかっ⁉」

「申しておりませんが、考えてみてください。我らが奴らの目の前に砦を築くのです。王朝側は黙って見ているとお思いですか？」

そのようなはずがない。黙って見ているとあらば、ただ帝国に領地を割譲しているだけになってしまう。さらにシオンは畳み掛けた。

「もし、王朝側が指を咥えて見ているだけなのであれば、それこそ我ら帝国の威を国内外に示すことになりましょう。王朝が恐れをなして手出しできない。素晴らしいではありませんか」

笑顔で告げるシオン。彼としては戦をしないのであれば一刻も早く帰りたいと思っていた。野営地はぴりぴりして息が詰まる。そう思っていたのだ。

「バレラード卿の意見を支持しよう」

グレンダがそう言う。彼女としても一刻も早く帝都に戻りたいのだ。

今、彼女はロメリアから意図的に離されている。というのも、ロメリアは帝国の皇子とお見合いの最中なのである。もちろん、三人の皇子それぞれと。

その場にグレンダが居た場合、大問題に発展していた可能性がある。それはどんな問題か。ロメリアを愛するがゆえに皇子を殺害するという問題である。シュティ大公はそれを嫌ったのだ。

「私も賛成しよう」

クリュエも賛成の意を示した。クリュエも早く領地に戻りたかった。ルリュエがどのように暗躍しているか、気が気ではないからである。

しかし、どちらもシオンに近い貴族である。問題はここから賛同が増えるかだ。

シオンとしては勝算があった。何もシュティ大公に近いのはシオンだけではないからである。

「グレンダ殿が賛成なされるのならば私も賛成しよう」

「では、私も」

こうしてシュティ大公の威光を借りて半数以上の人間が賛成の意を示した。いつの時代もどの世界でも人間というものは長いものに巻かれるものである。

そこから先は詳しい話、下級貴族にいくらくらい払うのか、誰がどの貴族に払うのかという議題に移った。そこまでいけばシオンはお役御免だ。

やっと領地に帰れる。その思いを胸に天幕を後にするのであった。

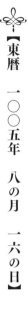

## 【東暦　一〇〇五年　八の月　一六の日】

翌日。どうやら話し合いがまとまったようである。シオンはシュティ大公家の天幕に呼ばれた。そこで待っていたのは他でもないグレンダである。

「呼び立ててすまないな。まあ、掛けてくれ」

シオンは指示された通りに椅子に腰かける。グレンダは一刻も早く陣を引き払って帝都に帰りたそうにしていた。ロメリアに会いたくて仕方がないのだろう。

「お前のお陰で早く帰れそうだ。感謝するぞ。お前には助けられっぱなしだな。少し色を付けてある。持っていけ」

革袋をシオンに手渡す。中には金貨がぎっしりと詰まっていた。日本円にして数十万円分の金貨が入っているだろう。シオンはそれをありがたく受け取る。

シオンもすれてしまったものだ。いつしか世の中はお金だと考えるようになっていた。それもそうだ。転移した直後は僅かな端金を文字通り命を賭けて稼いでいたのである。

稼げるならば稼ぐ。少しでも多く取れるなら取る。そのような境遇を経験したシオンの思考が拝金主義に染まっていってしまうのも無理もない。

「ありがとうございます。そして、この後の流れは？」

「ああ、ブロンソン公爵とゴードラルド侯爵が砦を構築するようだ。ま、私には関係のないことだが早く築いてもらいたいものだな」

関係ないとは言っているが、砦が築かれなければ帰ることはできない。それをグレンダは理解しているのだろうか。シオンは不思議に思う。

ただ、シオンの目下の悩みはそこにはない。王朝側が攻めてくるかどうかにある。帝国が実効支配で占領しようとしている領地はシオンが治めているバレラードの倍ほどの広さだ。

村も複数あった。まあ、そのうちの一つはシオンが潰してしまったわけだが。

平地が多く、起伏も小高い丘があるくらいだ。悪くない立地である。王朝は取り戻しに来るだろう。シオンはそう睨んでいた。

しかし、待てど暮らせど王朝は取り返しに来ない。何故取り返しに来ないのか。シオンには理解できなかった。

勝てる見込みがないからだろうか。だが、それでは国内に示しがつかない。

王朝側の動きが読めない。なんのための小競り合いだったのか。考えれば考えるほど、ドツボにはまるシオンであった。

そうこうしているうちに、あっという間に砦が完成する。人に物を言わせた工事だ。

代官にはブロンソン公爵の名婿でゴードラルド侯爵の弟の次男であるジェラルドが入ることになった。実質的な領主である。

もやもやとした思いを抱えながらもシオンは陣を払う指示を兵士たちに出す。これでこの戦は終わりなのだ。あとはブロンソン公爵とゴードラルド侯爵に任せることにする。

「撤収するぞ」

「え、まだ何もしてないですよ?」

「村から色々とありがたく貰ってきただろ。それでこの戦は終わりだ。ま、初陣なんてこんなもんだ」

アレンが不思議がっている。他の兵も同様だ。戦はお金が掛かる。人が死ねば保障や見舞いを出さなければならないのだ。そう簡単にぶつかったりはしない。人を潰したりしないのだ。

国の面子と資金、それから勝率を天秤にかけて初めて自国の兵に『お国のために死ね』と命じることができるのである。今回はそれができなかったということだ。

「次は戦で手柄を立てられる機会を頑張って用意してやるよ」

「ははは、それは遠慮しておきます。命あっての物種ですからね。今回のような戦が性に合ってます」

アレンが力なく笑いながらそう述べた。この間の賊退治で思い知ったのだろう。殺されるのは御免だが、人間を殺すのも御免だということを。

しかし、誰かが領地を守るために兵士にならなければならないのだ。アレンは自分に何度もそう言い聞かせていた。まだ、シオンのように割り切れない。

「そうか。ま、考えとくよ。さ、帰ろうぜ」

シオンたちは帰路に就く。バレラードを離れて既に一か月が経とうとしていた。そろそろ収穫の時期だ。インとエメがうまいことやってくれているだろう。シオンはそう考える。

これからどうやって領地を発展させていくべきか。今回、思い浮かんだ傭兵稼業についてぼんやりと考えながら報酬として貰った金貨の入った革袋を手の中で弄ぶのであった。

◇　◇　◇

時間は遡ってシオンが上級貴族を説得する前。帝国に攻め込まれている王朝内部でも議論が活発化していた。いや、紛糾していたと言っても過言ではない。

王朝の貴族《ベイ》や将軍《パシャ》がどうやって帝国を追い払うか喧々諤々と議論を交わしていたのだ。

しかし、自分たちの子飼いの兵を消耗したくないという魂胆も見え隠れしている。

誰かが被害を被らなければ帝国は追い払えない。それは重々承知している。だが、誰も自分の身を切ろうとはしない。ただ罵り合っているだけだ。そんな中、一人の若い貴族《ベイ》が声を上げた。

愛国心に溢れる将来が有望な若い貴族《ベイ》であった。この惨状を目の当たりにし、落胆と焦燥を覚えていた。

王朝の存亡の危機に繋がるというのに、自身の利しか考えていない周囲に失望していたのである。

「仕方がありません。ここは帝国の好きにさせましょう」

「何を言う！　そうすれば帝国は付け上がるだけではないか！」

「では貴殿が主攻を務めてくれると？」

「それは……いや、その……」

食ってかかってきた将軍《パシャ》を貴族《ベイ》が一蹴する。その覚悟もないのであれば突っかかってくるなと。これで、誰も貴族《ベイ》を止めることはできなくなった。

「仰る言葉は尤もです。だが、我々もただでは転ばない。北方の王国と商業連合、それから西方の首長国と共和国とも歩調を合わせるのです」

ここで貴族《ベイ》が一呼吸置く。彼が名を挙げた国々は次のように位置している。王国と商業連合は帝国の北から東にかけて、王朝が東から南、首長国と共和国が北から西である。

「帝国包囲網を敷いて一網打尽にしてやりましょう」

「現実的ではないな。我らと王国もいがみ合っている。首長国と共和国も仲違いしたままだ。どうやって結び付けるつもりかね？」

「帝国が侵略してくると説いて回ればよいのです。現に我らはこのままだと領地を失う。言葉の重みは増しましょう。そして我ら含め五国で連合を組み、一気に帝国を滅ぼす。これで領地を取り返せます」

一度、帝国に預けるだけです。貴族《ベイ》が笑顔で軽く言う。この貴族《ベイ》は合従策を敷こうというのだ。

集まった他の将軍《パシャ》と貴族《ベイ》は本心では納得していなかったのだが、反論すると槍玉に挙げられる。それならばこの案に乗ってこの場を乗り切ろう。そう考えたのだ。もし、この連合が失敗すれば彼の責任にすればいい。自分たちに害が及ばなければいいと考えているのだ。

「賛成しよう」

「私も賛成だ」

そう考えた諸侯は口々に賛成を述べる。この場にいるほぼ全員が賛成の意を示す結果となった。それを見た総大将を務めている将軍《パシャ》がこう言い放った。

「よかろう。では、其方の案を採用する。諸国をよく説いて連合を築いてくれ。スルタンには私から説明しておこう。頼んだぞ、ゼペル・貴族《ベイ》よ」

「はっ」

ゼペルと呼ばれた貴族《ベイ》は深く頭を下げた。そして会議はお開きになる。ゼペルはふぅと息を吐いてから自身の行うことを考える。

ここで帝国の暴挙を止めなければ。弱みを見せた国から付け込まれるのである。ゆっくりと思考を巡らす。まずは首長国を口説きに行く。

もし、この説得が失敗に終われば、みすみす領地を帝国に明け渡しただけになる。彼の責任問題にも繋がるだろう。彼は彼自身の命を賭して進言しているのだ。

だが、出世の好機でもある。

首長国は王朝との関係が良好であり、かつ大国だ。ここが動けば他も動く確率が高くなる。少なくとも首長国と王国は動かせるはず。ゼペルはそう考えていた。

いきなり山場だが勝算はある。ゼペルは自身の屋敷に戻り、情報を整理してから突き崩す人物と方法を決め、首長国に向かって旅立ったのであった。

## 【東暦　一〇〇五年　九の月　一五の日】

「おお……。これは、凄いな」

シオンは自身の領――バレラード――に戻ってきて開口一番、こう述べた。というのも、用水路と溜池が完成していたからである。

どうやら水不足は村人たちにとっても死活問題だったようだ。インがベンに掛け合い、シオンは居ないが、工事を進めてしまおうという結論に至ったようである。

シオンはそれを喜ばしくも思っていたが、それと同時に危ういとも考えていた。

インもエメも武力がからっきしなのだ。武はそのまま力だ。力がないと奪われる。何もかもを。シオンはそう考えている。

「おかえりなさい、シオンさん！」

インがシオン一行を見つけて飛び出してくる。シオンはそのインを制して兵士たちに向き直ると咳払いをしてから声を張り上げた。

「兵士諸君。これにてバレラード准男爵軍の初めての遠征を終了する。諸君らの働きによって最良の結果が得られた。今後の一層の活躍を期待する。では、解散！」

兵士たちは嬉しそうに三々五々と散らばっていった。それもそうだ。敵地へ赴いて村を略奪して稼いで帰ってきただけなのだから。さぞかし懐が温まっただろう。

シオンはインに向き直る。そして一言『ただいま』と告げた。インはその言葉を受け、満面の笑みでこう答える。

「はい、おかえりなさい。シオンさん」

ここまで聞けば良い話で終わるのだが、ここから先はシオンのお説教タイムだった。まずはインをその場に座らせる。それも正座だ。

「イン、ここに座りなさい」

「え？」

「座りなさい」

「は、はい」

シオンの雰囲気がいつもと違うのに気が付いたのか、インはシオンに言われた通りその場に座る。脛も太ももも痛い。何を言われるのか、インは気が気でなかった。

「さて、用水路の工事を勝手に進めたな？」

「……はい。ごめんなさい」

「いや、それ自体はいいんだ。逆によくやったと思う。だが少し不用心過ぎるんじゃないか？」

これはシオンも反省していた。シオンが警備の兵をいくらか残して出兵するべきだったのだ。しかし、全兵力が三十しかない状態で兵を分散するのは心許ない。

ただ、シオンはそれを解決する術を考えついていた。なので、ここでインを叱り、自分の意見を通そうとしていたのである。それを無意識で行うシオン。中々の策士であった。

「お前は一度、攫われてるんだ。外の世界がどれだけ危険かは嫌というほど理解しただろう。そして、村人がどれだけ怖いかも理解したはずだ」

「それは……はい。でも、ですが皆さんを信頼しなければ――」

「まあ待て。皆まで言うな」

インの言いたいことはシオンも理解できていた。領民を信用しない為政者が良い統治をできるだろうか。しかし、信じて裏切られた場合の保険がなければ信用はできない。

「言いたいことはわかる。わかるが、まずは自分の身の安全を確保してくれ。これはオレからの唯一の命令だ」

「……わかりました」

「わかってくれればそれでいいんだ」

ここまでがシオンの説教タイムである。インもそれを素直に受け入れていた。この説教はインのためを思っての説教なのだから。

二人で屋敷に戻り、シオンは今後についての話をインに持ち掛ける。それはシオンが帰路に就いている間に考えていた案である。

最初はお金稼ぎのための案として考えていたのだが、インの不用心さからこの案を進めるべきだと思い直すシオン。それをインに告げる。

「今後のオレたちの方針だが、オレはこの領地を傭兵たちの拠点にしようと思っている」

シオンはインに考えを伝える。傭兵たちの拠点を無償で提供する代わりにバレラード領に不測の事態があった場合、協力をしてもらおうと思っていたのだ。

「そ、それは……」

インがわなわなと震え始めた。それを見たシオンは後悔する。余計な口出しをしてしまったと。内政に関してはインに一任すると決めたのだ。だというのに口出しをして怒っているのだとシオンは捉えた。

「いや、わるかった。余計な口出しを――」

「それは良い案だと思いますっ！　早速手配いたしましょう。傭兵の方を誘致する案は思いつきませんでした。私たちは資源に乏しかったので、頭を悩ませていたんですよね。此処は三国に跨る要地なので、傭兵にとっては利便性が高いでしょうし、また傭兵を誘致すれば傭兵がお金を使う先が必要になります。酒場や食事処を営むと繁盛しそうです。いや、それをフックに商会も誘致できる。流石はシオンさん。先の先まで見ていたんですね！」

「あ、いや、まあ、なんだ。想像に任せる」

インが捲し立てるのをシオンはただ聞き流すことしかできなかった。

ただ、インに反対されなかったことで胸を撫で下ろすシオン。つまり、この方向性で進めていいというわけだ。

シオンはインと詳細を詰める。シオンは知り合いの傭兵団に声をかけ、インは彼らの拠点となる家を用意する。シオンが用意するのは一傭兵団につき、一拠点だ。収容人数も四十人を想定している。

と言ってもバレラードも裕福ではない。拠点の規格は全て均一となっており、就寝場所は十五畳である。その十五畳に細長いセミシングルの三段ベッドが十四も詰め込まれるのだ。

つまり、一人一畳もないのである。ただ、柔らかい寝床と暖かい毛布で寝られるだけマシというものである。そこはパーソナルスペースなのだ。

四十名で収まりきらない場合、追加の拠点は費用を貰うつもりだ。大手の傭兵団の人数は優に百名を超えてくる。一拠点では入りきらないだろう。

まずはどこに声をかけようか。そんなことを考えていると後ろからジナがシオンに声をかけてきた。

彼女曰く、お風呂の用意ができているとのことであった。

「お風呂？」

「はい。湯を溜めております。良かったら汗を流しては如何でしょうか？」

これは遠回しに汗臭いと言われているのだろうか。シオンは内心傷ついていた。しかし、それもそうである。一か月近く戦地に居たのだ。衛生が二の次になってしまうのは致し方ない。

「ああ、じゃあそうさせてもらうかな」

「では、こちらに」

ジナの後を付いていく。いつの間にか家の外に掘っ立て小屋ができていた。

これもインが率先して改築したのだろう。屋敷に村人を招き入れるのを避けたようだ。賢明な判断である。

ジナが扉を開けて止まる。小屋の中には直径一メートル弱の大きな甕から湯気が立っていたのである。それを見たシオンは棺みたいだなと思っていた。

「湯が冷めていたら温め直しますので仰ってください」

「わかった。声をかけさせてもらう」

よく見ると甕の下に焚火の跡があった。直接温めていたらしい。一人用の風呂としては最適のようだ。衣服を脱ぎ捨て、甕の中に身を投じるシオン。

どうやって水を溜め、温めたのだろうか。周囲を見渡すと大きな桶が無造作に置かれているのに気が付く。頑張って水を汲んでくれたようだ。

シオンは感心しながらも質素な造りの浴室に目を凝らす。この浴室は二畳ほどの小さな、窓も明かりもない薄暗い浴室だ。

その浴室の扉が開いた。シオンが入っているというのにだ。シオンは侍女であるジナがお湯の温度を上げようと火種と薪を持ってやってきたのかと思った。

しかし、違った。そこにいたのは、エメだった。全裸のエメだった。タオルなどで前を隠す気もないエメだった。

目と目が合う。エメは一瞬固まったものの、動じずにシオンが入っている甕の傍までやってきた。

彼女の耳が赤い。しかし、シオンはそれに気づいていない。

エメはそのまま甕に入ろうとする。そんなエメにシオンは声をかける。

「あのー、エメさん？　オレが入ってるんだけど」

「知ってる。見ればわかる」

それだけを言ってシオンの前にざぶんと勢い良く入るエメ。彼女に戻る気はないらしい。どうやら畑で一仕事終えてきたようだ。彼女の頭から汗の香りが仄かに香ってきた。

「いや、まあ、いいんだけどな」

「ほぁーっ」

湯に浸かり、おじさんのような声を出すエメ。お風呂が気持ち良いのは誰もが認めるところだ。シオンは手の置き場に困っていた。戸惑うばかりである。

「ご主人様、お湯加減は――あら」

今度こそジナが火種と薪を持ってやってきた。そして気が付く。シオンの前にエメが入っていることに。そしてジナは考え、考えた結果、彼女もまた服を脱ぎ始めたのであった。

「なんでそうなる！」

「人肌恋しいのかなと思いまして。失礼します」

ジナも甕の中に入ってくる。せっかく溜まったお湯があふれ出てしまう。これでシオン、エメ、ジナの三人が甕に入った。

既にぎゅうぎゅうである。シオンの左前にエメ、右前にジナである。まさしく両手に花の状態だ。

「これは……流石に困るな」

流石のシオンもこれには赤面するほかない。ただ、ジナとは肌を重ねた仲だ。今更、初心がっていても仕方がないのだがエメの前で良い格好をしたいと思うのは男の性だろう。

「何を仰います。古くから言うではありませんか、『英雄、色を好む』と」

「別に英雄ってわけじゃないんだが。なろうとも思ってないしな」

「またまた御冗談を。出世の好機と思って大公令嬢をお救いになったのでしょう?」

「馬鹿言え」

「何処まで昇り詰めるか、お付き合いいたしますよ」

笑いながらそう言うジナ。

「もう面倒ごとはこりごりだよ」

口ではそう言ったが、シオンはこの世界を愉しみ始めていた。武力でのし上がることができる。それを実感してしまったからである。

最初はお金をもらって悠々自適な生活を考えていた。しかし、現代では成しえなかった武力での成り上がりができた。

武と知がものを言う世界である。彼はそれに味を占めてしまったのだ。

シオンは出世したいのではない。自分の武が、智がどこまで通用するかを確かめてみたいのである。

今のシオンはそう思っていた。それが国を滅ぼす結果になろうとも。

「さ、お身体を洗いましょう」

「頭と身体はきちんと洗う」

「いや、ちょ、待て。自分で洗えるから!」

ジナに現実に引き戻されたシオンは彼女たち二人に玩具のようにいいように扱われるのであった。

いくら強くてもジナには勝てそうにない。そう思ったシオンであった。

## 【東暦　一〇〇五年　九の月　二三の日】

シオンは一路、馬を駆って南下していた。目指すは帝都。インと相談してまずは一組の傭兵を誘致してみようという結果に落ち着いたのである。

傭兵は便利だ。シオン自身も傭兵だから理解できるのだが、利があれば転んでくれる。義がないというわけではないが、義よりも利を優先し、そして筋を通す。それが傭兵である。

帝都に到着したシオンは貴族特権を使って待ち時間なしで帝都に入る。お目当ては前回同様、傭兵が屯する古惚けた酒場だ。さて、誰が待っているか。シオンは胸を躍らせていた。

中に入ると酒場は閑散としていた。無理もない。真昼間の酒場である。

しかし、シオンはこの状況を違う視点から捉えていた。傭兵が居ないということは駆り出されているということ。つまり、戦が近いのだ。

「おや、紫の。お前さんも何か用があったのかい？」

そう言って入ってきたのはベルグリンデであった。彼女も一息吐くためにこの馴染みの酒場に足を踏み入れたのである。そして二人は出会った。

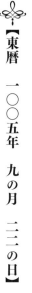

「景気が良さそうだな。何かあったのか？」

「お貴族様にそいつは言えないねぇ」

余裕のある表情を浮かべるベルグリンデ。傭兵の仁義に反すると言いたいのだろう。これ以上の追及は無理だと判断し、シオンはベルグリンデに当初の提案を持ち掛けることにした。

「まあ、いいさ。今日はそんなことを言いに来たわけじゃないんでね」

そう言って座るシオン。ベルグリンデも彼の対面に座る。それからシオンがエールを二杯分注文して会話が始められた。ベルグリンデはシオンに対し「気が利くじゃないか」と揶揄った。

「さ、聞かせてもらおうかね。話があるんだろう？」

「悪い話じゃない。率直に話そう。バレラードに拠点を築かないか、という提案だ。もちろん、ある程度の費用はこちらで用意しよう。バレラードは三国に跨る要地だ。悪い話じゃないだろう？」

どこの国にも赴きやすいからな、とシオンが述べる。

「……続けな」

ベルグリンデに促されたシオンはインが考えたプランを話していく。自分で考えたわけでもないのに——案はシオンだが——さも自分が考えたことのように話す能力は一級品である。

シオンの面の皮が厚いのもあるが、彼の理解力も非常に高いポテンシャルを発揮している。人を説得するのは論理と感情である。

そしてシオンの堂々とした自信満々な態度は人々を納得させるだけのものがあった。

「なるほどね。住居を提供するから有事の際に守ってほしいと」

「簡潔に言うとそういうことだな」

「ダメだね。メリットに対してデメリットが大き過ぎる」

ベルグリンデは否をシオンに突き付けた。その理由は至極単純明快。契約の不平等である。建物はお金を払えば買えてしまうのだ。また、いつか老朽化する。

しかし、契約は不変であり、常にその代価を支払わなければならない。これは不当と言わざるを得ないだろう。ただ、シオンもその点は理解していた。

「デメリットを大きくするも小さくするもアンタ次第だろう。オレなら新兵の訓練拠点にするね」

そう言い放つシオン。彼が言いたいことをベルグリンデは理解したようである。正直に言うと、新兵は邪魔なのだ。

戦場では戦力にならないどころか、足を引っ張られてしまう。なので鍛えないことには使い物にならない。

もちろん、新兵を盾にする非道な傭兵団も存在する。しかし、ベルグリンデのそれは違った。百人以上の団員がそれぞれ誇りをもって傭兵稼業を行っているのである。

つまり、鍛える場所と新兵を置いておく場所が必要なのだ。そして人を住まわせるには食事も家も必要なのである。

シオンはそれを提供すると言っているのである。これならばベルグリンデも検討の土俵に載せてもよいと思い始めていた。

シオンも元は傭兵の端くれである。彼らが何を求めているのか理解していた。

「契約は破棄することが可能ってことでいいんだね？」

「一か月ごとに更新するかどうかの確認を入れる」

「収容人数は？」

「四十人を想定してる。と言っても三十人近くは大広間に二段ベッドだけどな」

「それでも上等さね。わかった。新兵の拠点として借りようじゃないか。ふふ、それにしても紫のは運が良い」

ベルグリンデはそう呟く。

これはベルグリンデにもありがたい提案だった。最初に断ったのは条件を吊り上げるためのフェイクだったのだ。

結果として条件は据え置きになったが、シオンは自分の力で契約を勝ち取ったと思っていた。

しかし、本当は違う。ベルグリンデは王国に近い場所に拠点が欲しかったのだ。今、傭兵がこぞって出払っているのは王国と商業連合が争っているからなのだ。

以前までは帝国と王国、そして商業連合がいがみ合っていた。しかし、帝国と王朝が戦争状態に入ったのだ。ここで王国と商業連合はそれぞれ考える。今は帝国に攻め込む好機ではないのかと。

しかし、自分たちが帝国を狙えば残ったもう一方の国から横腹を突かれる。それならば帝国が動けない今の間にもう片方を潰そうと考えたのである。

その結果、残った二国が互いに戦争状態へと入ったのだ。二国揃って帝国を攻めれば良かったものを、と誰もが思っただろう。ただ、傭兵としては仕事が多くて嬉しい限りだ。

ベルグリンデとしては王国もしくは商業連合に近いところで拠点が欲しかった。物資の集積が可能な拠点が。だが、王国内や商業連合内には置きたくない。あくまでまだ第三者で居たかったのだ。

そこにシオンが話を持ち掛けてきたのである。無料で拠点を築きつつ、王国とも商業連合とも近い。

そんなうまい話が降って湧いたのである。これは乗らないわけがない。

「じゃあ、若いのを三十名ほど送らせてもらおうかねぇ」

「助かる」

「何。持ちつ持たれつさ」

これで全軍で出兵したとしても山賊や盗賊程度なら傭兵たちが退治してくれる。傭兵としても山賊退治は美味しい仕事なのだ。

弱いくせに財宝を貯め込んでいるケースが多いからである。もちろん、例外はあるが。

これでシオンの帝都での役目は終わりだ。流石に一度に二つの傭兵団を誘致する体力はバレラードにない。

大人しく帝都を離れても良かったのだが、シュティ大公家に顔を出す義理は持ち合わせていた。

突然の訪問にはなってしまうがそれは致し方ない。シオンが欲したのは訪問したという結果だけである。会えたかどうかは二の次だ。

「シオン＝バレラード准男爵である。シュティ大公閣下にお目通り願いたい」

「しょ、少々お待ちください」

門番に貴族の証を見せて名乗りを上げる。少し戸惑いながらも門番は屋敷の中に入っていった。なぜ戸惑ったのか。それは貴族ともあろう人間がたった一人でシュティ大公家を訪ねてきたからである。

しかし、残念ながらシュティ大公は外出中であった。家宰のゴードンがシオンの対応に当たる。流石に門前払いは不味いと思ったのか、屋敷の応接室の一室にシオンを通した。

「突然のご訪問でございますな」

「何分、貴族になったばかりで家臣が揃ってないものでね。大金を貰って悠々自適な生活を送れると思っていたんだが」

ゴードンが先触れの一人くらい早めに寄越せと遠回しな嫌味を言ってきた。なのでシオンはシュティ家が承諾した金額を用意してくれたらこんな目に遭ってなかったのにと返す。

シオンもだいぶ貴族に染まってきたようだ。これを良しとするか、悪しとするかはわからない。

「これは痛いところを突かれました。して、本日は何用で？」

「せっかく帝都まで来たのだから寄らせてもらっただけだ」

そう言って出されたワインを呷る。そして給仕におかわりを注ぐよう、顎で合図を出した。ゴードンとしてはそれだけの用ならばさっさと帰ってほしいところである。

「左様ですか」

「そうだ。聞きたいことがある」

「なんでしょう？」

「この国から傭兵が居なくなっている。どこに向かったかわかるか？」

シオンも元は傭兵だ。彼のほうが傭兵への造詣は深い。

傭兵が一気にいなくなる時は戦が近い時だ。つい、この間まで帝国と王朝の戦争に参加していた傭兵が今は影も形もなくなっているのだ。

つまり、どこかで戦争があるのだ。ただ、帝国ではないことは確かである。

もし、帝国が戦火に見舞われようとしているのなら、帝国に雇われている傭兵がもう少し居てもおかしくないのだ。

既に王侯将相が傭兵を囲っていたとしても無能な傭兵は余るはずなのだ。しかし、その気配が一向にない。つまり、他方で戦が起きる、そんな煙が上がろうとしているのだ。

「存じ上げませんな。傭兵の一挙手一投足を私が把握しているわけがないでしょう」

「いーや、お前は知っている。少なくともグレンダは知ってるはずだ。何故ならば王朝攻めの時にシュティ大公家は傭兵を雇っていたからだ」

家令を通さずに傭兵を雇うことはできるだろうか。もし、家長であるデュポワが傭兵を雇うと決めた場合、手配するのは家令のゴードンだ。

グレンダが雇うと言っても予算を握っているのはゴードン。つまり、自腹を切る以外にゴードンを通さないで傭兵を雇うことはできないのである。

「知っていたとしても言う義理はございません」

ゴードンはシオンに良い感情を持ち合わせていない。それもそうだ。あれだけの買い物額を押し付けられているのだから。

ただ、シオンはゴードンから無理に情報を聞き出そうとはせず、大人しく身を引いた。

「そうか、邪魔をした」

なぜ大人しく身を引いたのか。これ以上押しても無駄だと察したからである。

また、何かが起きたということだけは理解ができた。それだけが理解できればシオンには十分な収穫なのだ。

「さて、答え合わせと行きますか」

シオンは席を立つ。次に向かうは与しやすいクリュエの居る辺境伯の地であった。

## 【東暦　一〇〇五年　九の月　二七の日】

シオンはクリュエ＝ド＝ラースルを訪ねるためにラースル辺境伯領へと足を運んでいた。とはいうものの、帰り道だ。足を運ぶというよりも立ち寄ったというのが正しいだろう。

もちろんアポイントは取っていない。そもそも、アポイントが必要だとシオンは思っていないのだ。するとどういう結果になるか。シオンはクリュエと会うことができなかった。

断られたというわけではない。クリュエが外出中で出会えなかったのだ。

何処に出かけていたのか。それは街道の整備のためにオペチャム子爵のもとへ行っていたのだ。身から出た錆である。

ここで約束を取り付けることを学んだシオン。今回は諦めて大人しく帰ろうとしたとき、ある人物に引き留められた。その人物はクリュエと瓜二つの容貌を備える人物だった。

双子のルリュエである。彼がシオンに声を掛けたのだ。断る理由もないのでシオンはルリュエに案内されるがまま、中庭のテラスに腰を下ろしたのであった。

「突然の申し出だというのに、快諾してもらえて嬉しく思う」

「お気遣いなく。私もルリュエ様と一度、お話ししたいと思っておりましたので」

シオンは笑みを顔に張り付ける。ルリュエの物腰は柔らかだが、明らかに自身が上であるという雰囲気を醸し出している。シオンはそれが鼻持ちならなかった。

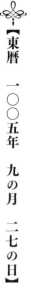

クリュエも当初はその雰囲気を出そうとしていた。あくまで出そうとしていただけだ。実際には出せていなかったし、シオンとしては御しやすい。与しやすいと感じていた。

ルリュエは危うい。シオンは直感でそう感じ取っていた。その感性が本物かどうか、シオンは踏み込んで尋ねてみることにした。

「しかし……千載一遇の好機を逃しましたな」

「と言うと？」

「先の王朝との戦で兄であるクリュエ様を弑《しい》せば貴方が世継ぎと成れたものを」

このシオンの言葉にルリュエは眉をピクリと動かした。ルリュエはこのシオンの言葉を到底受け入れ難く思っていた。彼はクリュエを兄とは認めていないのだ。

「ふふふ……なかなかどうして。面白いことを仰るのですな、バレラード卿は。兄弟で血で血を洗う戦などするものでしょうか。ましてや、私が可愛い『弟』を殺せましょうか」

「ルリュエ様の本心を当ててみたのですが。違いましたか？」

シオンは笑みを崩さない。彼も腹芸が身に付いてきた。どうやら彼は天性の嗜虐の才能があるのかもしれない。臍を噬むルリュエが見れるのならばどんな手でも使うだろう。

決してシオンはクリュエ派というわけではないのだが、この目の前の男が鼻持ちならなかったのである。鼻をへし折ってやりたい。そう思っていたのだ。

「全くもって違うな。貴殿は見当違いをしている。そもそも私が長子でクリュエが次子だ」

「ではルリュエ様が跡を継ぐと。それはお父上であるデリク＝ド＝ラースル閣下もご存じで？」

「もちろんだ。父上はそうするに決まっている」

「そうですか。では後日、改めて閣下にお時間を頂戴してお尋ねしてみることにしましょう。まさか、辺境伯の位を継ぐ者が嘘を吐くことなど、ないでしょうね？」

「もちろんだとも」

シオンはルリュエの魂胆が見えた。知らぬ存ぜぬで通すつもりのようであった。今、この中庭のテラスには二人しかいない。発言を証明する方法がないのだ。

「では、一筆認めていただくことは可能でしょうか。後に言った言わないになっても困るので」

シオンははっきりと言う。証拠が欲しいのです、と。さあ、これに困るのはルリュエである。しかし、ルリュエはシオンにはっきりとノーを突き付けた。

「止めておこう。書類なぞ、簡単に偽造ができる世の中だぞ。しかし、どうやらバレラード卿は私のことがお嫌いらしい」

「いえいえ、そうではございません。ただ、クリュエ様が当主の座に就いていただいたほうが私にとって利があるというだけで」

シオンは利になるほうに味方する。これは自明の理である。

しかし、ルリュエにシオンの考えを読み解くことはできない。シオンは劣勢のほうに付くのだ。そして自身の力で勝たせ、多大な報酬を得るつもりであった。

「どうすればバレラード卿は私に味方をしてくれるのか」

「子爵の地位と相応の領地をいただければ。確約くださるなら、このシオン、いつでもお味方しましょう」

どだい無理な話である。つまり、シオンが言いたいのは『一昨日きやがれ』と言うことなのだ。何故ここまで強気で行くのか。それはシオンがルリュエならば勝てると見たからであった。

「ルリュエ様の周りには有能な家臣が大勢居るのでしょうな」

「それがどうした？」

「家臣の意見が対立した場合、如何なさいます。例えば……そうだな。戦の最中において進むべきか退くべきか。家臣の意見が割れた場合、どうなされる？」

「状況が漠然としていて答えに窮する。前提条件が曖昧過ぎるのだ。次はもう少し明確な状況設定をしてくれ給え。そろそろ失礼させてもらおう」

ルリュエが席を立つ。シオンはワインを傾けながらそれを静かに見送った。ルリュエは自信に満ち溢れ、公明正大で思慮深く、家臣の意見にも耳を傾ける努力家だ。

しかしその反面、プライドが高く、また階級意識の強い人物だともシオンは考えていた。骨は折れる。骨は折れるが、勝つことは不可能じゃない。シオンの見解は変わらなかった。

今回の質問も適当なことを言って逃げるルリュエ。シオンはその回答から誠実さを読み取ることができず、彼の中のルリュエの評価がまた一つ落ちる結果となる。

「さて、帰るとするか」

残されたシオンはラースル家の執事の一人に案内され、屋敷を後にする。そして、そろそろ波風を立ててみようかと考えていたのであった。

## 【東暦　一〇〇五年　一〇の月　三〇の日】

それからシオンは自領に戻ると収穫を手伝い、そしてララとともに納税の帳簿付けなどに従事していた。

デスクワークは得意ではないのだが、人手が足りないのだ。贅沢は言っていられない。この世界でのシオンの教養は水準以上あるのだから。

その間にベルグリンデの傭兵団の一部がバレラードに拠点を移してきた。どれもこれも新兵だ。若く、幼い。

その新兵の指南役としてコラリーが採用されている。あのコラリーだ。ベルグリンデがシオンに配慮したのだろう。本人は不満顔ではあったが。

あれから隠田、隠畠の摘発が相次いだ。というよりも自己申告が多くあったのだ。やはり、村人たち同士で疑心暗鬼になってしまったのが要因だろう。

そのお陰か税収は黒字の兆しが見えてきた。もちろん傭兵団の拠点建設などのイレギュラーを除いての話ではあるが、それでも一年目から黒字化できたのは喜ばしいことである。

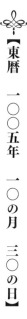

それもこれもインの行政改革、それからエメの農政改革のお陰だとシオンは思っていた。そもそも、シオンは内政に関して何も関わってはいない。

街道の整備もクリュエ主導で進んでおり、行商人がよく通るようになっていた。それも帝国の行商人だけではなく、商業連合の行商人も散見されていた。

人口一千人に満たない村のインフラなど高が知れている。予算は少ないが必要経費も少ないのである。バレラードは経営初心者にはうってつけの地だったのだ。

「ご主人、只今戻りました！」

ココが執務室の扉を勢いよく開け、そしてシオンに突進してくる。シオンはそれを受け止めると乱暴にココを撫で始めた。それはまるで主人と飼い犬のようであった。

「良くやったぞー。ちゃんと返事は貰ってきたか？」

「はい。此処に」

ココが羊皮紙の手紙を取り出す。封蝋はラースル家のもので間違いなかった。割って中を読み進めるシオン。シオンはココにお使いと称してラースル家に向かわせていたのだ。

もちろん一人ではない。アレンたち他五名とともにラースル家を正式に訪問していたのだ。理由はもちろん跡継ぎに関してである。シオンははっきりとどちらが跡継ぎなのか尋ねたのだ。

他の諸侯たちは恐れ多く尋ねられなかったことをシオンは堂々と聞く。

これも彼の図太さの賜物だろう。成り上がりの田舎者呼ばわりされるが、それでも構わなかった。体面よりも情報を取る。それがシオンだ。

「なるほどな。全ての元凶はこの親父か」

シオンが手にした手紙には要約すると『跡継ぎはまだ決めていない』と記載されていた。どちらにも一長一短があり、早急には決め切れないと綴られていたのだ。

本心かどうかはわからないが、決めかねているのは紛れもない事実だ。

「こいつが元凶かぁ……」

ココもシオンの口調を真似て言う。

父であり当主であるデリクが決断しないがために二人の子が振り回されている。この代償は大きく付くとシオンは思っていた。

いや、もしくは既に跡継ぎを決めているが公表したくないために、あえて決まっていないと白を切っているか。そのどちらかである。ただ、それは悪手だとシオンは考えていた。

「よし、ココ。次はオレが『デリク＝ド＝ラースルに誰が後継ぎなのか直接尋ねて確認した』ということを広めてくれ。至る所でな」

「あいあいさー！」

これでデリクは後に引けなくなるだろう。シオンが正直に教えてもらえなかったと言っても人間はそれを信じるかどうか。疑念は疑念を呼ぶ。そうなったら取り返しはつかない。

シオンには何か考えがあるようだ。しかし、それを知る者は誰も居ないのである。

これで毒を仕込むことはできた。あとは果報を寝て待つのみである。そんなことを考えながらデスクワークに従事するシオン。

そして何日もかけて、慣れない事務作業に苦戦しながらも、書類仕事を粗方片付けたところでインがシオンに声をかけた。

「シオンさん」

「ん？　なんだ？」

「そろそろ、この村にもお店を誘致したいんですけど」

そう。未だにバレラードには商店がないのだ。

なので、貨幣は宝の持ち腐れである。貨幣を使うにはオペチャム子爵領の第二の都市、レイラノッドまで足を伸ばさなければならないのである。

レイラノッドに支店を置いている商会はビューレン商会とハリソン商会の二店舗である。そのどちらかから更に支店を引っ張ってきたい。インはそう考えているようだ。

「それは構わないが、どうやって店を誘致するんだ？」

「ハリソン商会にはそれなりにお金を落としていますから、支店を誘致できないか相談してみます。もし、駄目と言われたらビューレン商会に乗り換える気概で行きましょう」

ふんすふんすと鼻息荒く答えるイン。どうやら強気の交渉を行うつもりのようだ。シオンはそれを窘める。失敗した時のリスクが大き過ぎるからだ。

「あまり無理はし過ぎないように。失敗して取引してもらえなくなることのほうが大事だぞ。それともなんだ。帝国からではなく商業連合から商会を誘致するか？」

あくまでも冗談でそう述べるシオン。しかし、インははっとした表情をして考え込む。そしてぽつりとこう呟いた。「その手がありましたか」と。

「あまり本気にするんじゃないぞ。まずは国内からの誘致だ」

「しかし、こうも考えられますよ。『商業連合の情報も手に入れることができる』と」

「むむむ、それは魅力的な提案だな」

結局、結論を出せなかったシオンはインに一任することにした。彼女ならば上手く誘致してくれるだろうと。

もし、失敗したとしてもこの村に魅力が足りなかっただけだと割り切ることにした。

インは誘致、エメは次の農地計画を村長のベンと話し合っていた。ララは次年度の予算計画を立て、アンがシオンが買い取った家畜の世話をする。

アレンたちはコラリーたち傭兵団と一緒に訓練している。

その兵士なのだが誰から噂を聞いたのか従軍して略奪して帰ってきたという話を聞いて人数が十人ばかし増加した。これで四十人である。

シオンは屋敷の裏手に回って木陰に寝そべる。ああ、長閑だ。色んなことを忘れてしまいそうなくらいに。傭兵だった頃が既に懐かしい。

両親はどうしているだろうか。これから自分はどうなるのか。そんな心を締め付ける一切合切を忘れそうになる。

微睡み、瞼が重くなってくる。そんなシオンの腹部に鈍い衝撃が走った。驚いて目を開けるとそこにはココが飛び乗っていたのだ。

「ぐふっ」

油断していたとはいえ、こうも簡単に腹上に近寄らせるとは。シオンは気が緩んでいたことを反省しながらも、ココに報告を求めた。

「ココ、首尾はどうだ？」

「上々だと思います。そのうち、ご主人に連絡が入ると思いますよ」

「そうか、よくやった」

頭を撫でる。汗のようなすえた匂いがしたので、ココを風呂場に突っ込み、ジナに任せることにした。ジナはシオンに来客が来ていると述べ、風呂場へと消えていった。

「来客？」

シオンは心当たりがなかったのだが、取り合えず応接間に向かう。するとそこにはクリュエが貧乏ゆすりをしながらシオンの到着を今や遅しと待っていた。

やってきたシオンに気が付くクリュエ。シオンとの距離を詰める。

「お、おおお、おいシオン！　どっちだ！　どっちだったんだ!?」

シオンに掴みかかろうとするクリュエ。しかし、シオンは叩き込みの要領でクリュエの突進を難なく躱す。そして落ち着くよう、クリュエに諭すように伝えた。

「慌てないでくださいよ、お坊ちゃん。ご当主様はまだ何も決めていないそうです」

そう言ってからシオンは手紙を取りに執務室に戻り、その手紙をクリュエに手渡した。クリュエは手紙を余すところなく眺め、それから安堵の溜息を吐く。

「よ、良かった……」

「何も良くはありませんよ。ルリュエに転ぶ可能性も大いに残されてるということですから。この辺りで仕掛けるべきでは？」

「仕掛けるって……どうやって」

「皇帝陛下に働きかけましょう。幸いなことに私はシュティ大公家に伝手がございます。それを用いて皇帝陛下に働きかけるのです。ちなみに坊ちゃんご自身は如何ほどの資産をお持ちで？」

皇帝陛下を動かすのにもタダというわけにはいかない。それなりのお金が必要になってくるのだ。しかし、逆に言えば辺境伯家なのだ。当主の座に就いたら払うでも通用しなくもない。

「そんなに多くは無い。大金貨二十枚程度だ」

日本円にして二千万円しか所持していないとクリュエは言う。少し前のシオンであれば何を言ってるんだとクリュエを叱っていただろうが、今であればその逆。全く足りないと思っている。

「手付として大金貨を十枚払う。そして成功した暁には大金貨を百枚。それくらいはいけるでしょう？」

「ま、まあ当主の座を継いだ後ならば出せなくはないと思う」

「なら、その線で行きましょう。肝心なのは当主の座を継ぐことです」

騙しているみたいで心苦しい気もしているシオンではあるが、事実を述べているだけである。まずは当主の座を継がなければ何もできないのだ。

「可能ならばオペチャム子爵と私の陳情の手紙も携帯していくべきでしょう。ラースル閣下が跡継ぎを決めかねて非常に難儀していると」

難儀することは無いのだが、跡継ぎが定まらないと不便なのは確かだ。そして皇帝家も耳が痛い話だろう。現在進行形で跡継ぎ問題が拗れているのだから。

シオンは二通の手紙をその場で認めてクリュエに手渡す。一通は今の難儀している内容を記載した手紙。

そしてもう一通はシュティ大公に宛てた手紙だ。今、この手紙をもって帝国北部が戦火に見舞われようとしていた。

# 第八章

## 【東暦　一〇〇五年　一一の月　一〇の日】

クリュエはシオンの助言通り、オペチャム子爵からも文を預かり、一路、帝都を目指していた。

これでクリュエはオペチャム子爵とシオンの手紙を所持していることになる。

父親にはシオンとともにデュポワ大公へお目見えしてくると伝えていた。嘘ではない。

もちろん、シオンのような不作法はせず、シュティ大公家にはシオンの手紙を持った先触れが既に向かっている。クリュエは凡庸なだけで暗愚《あんぐ》ではない。

そしてその先触れがデュポワの居るシュティ大公家へと到着した。流石は辺境伯家。先触れまで礼儀が行き届いている。直ぐにデュポワの手に手紙が渡ることはなかったが、確実に目を通すだろう。

シオンもシオンでシュティ大公に手紙を出していた。では、シオンはそこになんと書いていたのだろうか。答えは『皇帝一家はラースル家のお家騒動を見て手本とすべし』であった。中々に不敬な言い回しである。

しかし、デュポワはその言葉を目にした途端、シオンが何を考えているのか瞬時に理解していた。

そしてクリュエの先触れの内容と合致する。悪くない案だと思っていた。

デュポワにとって、大事なのは皇帝一族なのだ。

そのために辺境伯家を実験台にするくらいの覚悟は持ち合わせている。クリュエが到着するまでの間、デュポワは思案に耽るのであった。

◇　◇　◇

「突然の参上、不調法をお許しください」

「いやなに。事前に連絡はいただいておった。そう気にすることはない。テラスに席を用意してある。そこで話そうじゃないか」

クリュエがデュポワを訪問する。デュポワはそれを快く受け入れ、彼を屋敷のテラスに案内した。ワインを嗜みながら雑談に花を咲かせる。

クリュエとしては早く本題に入りたくて仕方がなかったのだが、貴族として余裕ある行動を心がけている。なんとか笑顔を浮かべながら話を切り替えるタイミングを伺っていた。

「そういえば、そろそろお嬢様もご成婚ですか？」

「それが相手が定まらなくてな。どうも皇帝陛下のお心が定まらぬようでの」

「我が家と同じですね。父上のお心が定まらず、私もやきもきしています」

自然な流れで家督相続の問題を話題にすることができた。クリュエはやればできる子なのだ。このまま自身の相続の問題の相談に持って行きたい。

「それは難儀な。さぞお困りでしょう」

「ええ。そこでシュティ大公閣下にご助力を願えないかと参上した次第にございます」

「この老いぼれにできることならば何でも手伝いましょう」

にこりと微笑むデュポワ。しかし、クリュエはその笑顔の意味を知らない。ただただクリュエはデュポワの回答に喜ぶばかりであった。

「では、長子である私を跡継ぎに認めていただくよう、皇帝陛下からの命を下賜いただけませんでしょうか？」

「明後日に皇帝陛下にお会いする機会があっての。その時に頼んでみるとしよう。しかし……それは其方のみの願いかね？」

「い、いえ！　周辺諸侯からの願いでもあります！」

クリュエはデュポワにオペチャム子爵、それからシオンの手紙を手渡す。中身はもちろん、辺境伯の跡継ぎが定まらなくてやきもきしているという内容だ。

「どれ、預からせてもらおうか。結果が出るまで帝都に留まってはどうかね？」

「そうさせてもらいます。幸い、使われていない別荘がありますので、そちらに滞在しようかと」

「それが良い」

笑顔で頷くデュポワ。既にクリュエはデュポワに心酔している様相であった。それから再び雑談を交えて大公の屋敷を後にするクリュエ。

彼の表情は行きとは違い、帰りは晴れやかな表情であった。大公が約束してくれたのだ。これはもう決定だろうと。彼は浮かれていたのである。

後は果報を寝て待つだけである。クリュエはワインをしこたま飲んだ後、誰も使っていなかったベッドに身体を潜り込ませて深い眠りに付くのであった。

## 【東暦　一〇〇五年　一一の月　一二の日】

この日、デュポワは登城して皇帝ロレンベルグ三世、内大臣であるブロンソン公爵の二人と新たに王朝から奪った領地の運営に関して打ち合わせを行っていた。

その話し合いは恙無く終わろうとしていた。皇帝ロレンベルグ三世が会議の終わりを告げるために「何か言い残したことはないかね？」と二人に尋ねる。そこでデュポワは切り出した。

「実は儂のところに陳情があっての。それをお二方に相談したかったのじゃが時間は大丈夫かね？」

「手早く片付きましたからね。問題ありませんよ」

「構わん」

デュポワの問いに応えるブロンソン。ロレンベルグ三世も首肯をもって叔父であるデュポワの問いへの回答とした。デュポワが口を開く。

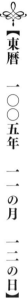

「ラースル辺境伯の坊主が儂のところに泣きついてきたのじゃ。自分を次期当主にしてくれと」

「何を馬鹿な！　次期当主は原則として長子。異なるにしても次期当主を決めるのは当代の当主であろう！」

ブロンソンが横槍を入れる。デュポワがそれを宥め、落ち着かせてから続きを口にした。ロレンベルグ三世は静かに聞いている。跡継ぎと聞いて他人事とは思えなかったのだ。

「そうなのじゃがな。あそこは双子でどちらが長子か区別がつかん。ラースル辺境伯も決めかねているようじゃし、後押しをしてやろうかと。そう思っているのじゃ」

そして付け加える。声を低く、身を屈めて「ま、これは建前じゃがな」と。ブロンソンが追及する。

「では、どれが本音なのですか?」と。デュポワは咳払いをしてこう述べた。

「ラースル辺境伯家を試金石にさせてもらうつもりじゃ。跡継ぎ問題で悩んでいる者がもう一人居るからの。どうなるか、よく見ておくとよい」

頭を掻くロレンベルグ三世。いくら皇帝といえど叔父には頭が上がらないようだ。いや、彼も国のために辺境伯を潰す気概のある叔父の心意気を慮ったのかもしれない。

「では、そのクリュエとやらを跡継ぎにするという勅書を渡すということか」

「左様にございます。聡明ですな、陛下は」

「嫌味にしか聞こえんぞ」

「そう思うなら世継ぎを早くお決め下され」

ロレンベルグ三世はむぅと唸った。ロレンベルグ三世としても他人事ではないのだ。強く反論はできない。世継ぎを決められたらどれだけ楽なことか。せめて母親が一緒ならば。そう思うロレンベルグ三世。

ブロンソンはというと、公正明大で曲がったことが嫌いな男ではあるが、心の中で辺境伯家での世継ぎ争いと皇帝の世継ぎ争いを天秤にかけていた。

その結果、辺境伯家の世継ぎ争いを間近にしてもらい、ロレンベルグ三世の目を覚まさせるほうが万民の為になると考えた。彼なりの苦渋の決断であった。

「わかった。では勅書を祐筆《ゆうひつ》に用意させよう」

「ありがとうございます」

三人ともが未来を予見していた。そのうちの一人、ロレンベルグ三世は楽観視していた。とはいえ皇帝の勅書だ。皆が大人しく従うだろうと。

しかし、デュポワとブロンソンは違っていた。北方は騒乱に見舞われると予想していたのだ。帝国の北部を犠牲にしてまでも皇帝陛下を諫めるつもりなのだ。

皇帝の跡継ぎ問題は皇帝であるロレンベルグ三世が毅然とした態度で跡継ぎを指名しなければならないのだ。全ての貴族に良い顔をすることはできない。これは中央集権化が成されていない証拠でもある。

貴族が力を持ち過ぎている。デュポワはそう考えていた。ブロンソンも忠実なる臣であろうと心がけている。問題は彼ら以外の貴族だ。

帝国は王朝、王国、商業連合、更には首長国と共和国に囲まれている。共和国と商業連合とは友好的な関係を築いている帝国だが、逆を言うならば王朝、王国、首長国とは敵対関係にある。

貴族を領地ごと引き抜かれたら堪ったものではない。ロレンベルグ三世はそう考えていたのだ。だが、他の二人はこの弱気が良くないと思っている。

反旗を翻した貴族は潰せばよいのだ。そうすれば領地に空きができるのである。他国に攻め込む大義名分もできる。ロレンベルグ三世には覇気がないと常々思っていた。

王朝との小競り合いから戦に発展した。このまま終わるわけがない。

ロレンベルグ三世は名君であり、内政には向いているのだが、交渉事や戦は不得手なのだ。つまり、数字と睨めっこしているのが好きなのである。

「話は以上でよいのか？」

「ええ。お手数をば」

ロレンベルグ三世は退出する。彼には耳の痛い話だろう。できるのならば三人ともに帝位を継がせてあげたい。それが親心というものだ。

しかし、帝位は一つしかない。増やすには国を割るしかないのだ。それは許されない。一人っ子で競争なく世襲したロレンベルグ三世はそう思うのであった。

「さて、では我々が行うべきことを話し合いましょうか」

ブロンソンがそう言う。二人は十中八九、騒動が起きると思っているのだ。周辺諸国に付け入らせず、手早く騒動を畳むため、どのような手法を用いるのが有効的なのかを話し合うのであった。

その頃のシオンはというと、領主生活を謳歌していた。馬と戯れ、羊と戯れ、土と戯れ、女性と戯れる。そして剣術の稽古にも余念はなく、貯蓄もしっかりとしていた。

インとララは収穫から予想される税収をもとに村の整備計画を立てている。

アンは羊の毛を刈り冬に備えていた。こう聞くと、家臣ばかり働かせてシオンは何もしていないように聞こえるが、実際そうだった。

彼は正直に言うと足手まといなのだ。できても四則演算でインとララを手助けするくらいである。

それならば何もしないほうが良いと彼自身が判断したのである。

「シオンさんにお願いがある」

そんなシオンのもとにやってきたのはエメだ。秋の収穫が終わったというのに、一体なんの用だろうか。シオンは訝しそうにエメを見ていた。

「なんだ？」

「保存食を造りたい」

「おお、いいじゃないか。何か問題があるのか？」

「試行錯誤する必要がある。失敗したら食糧がもったいない。それでも色々と試していい？」

上目遣いに許可を求めてくるエメ。シオンは一度、内側に入れた女性に弱いのだ。ノーと言いたいところだが、研究のためには失敗はつきものなのである。

「まずは既存の保存食からつくっていくのはどうだ？」

既存の保存食。ぱっと思いつくところで干物。燻製。塩漬け。オイル漬け。砂糖漬け。酢漬け。この辺りだろうか。そして容易にできるのが砂糖漬け以外である。

「獲れたのは麦に豆、蕪にキャベツ。玉ねぎにラディッシュ。そして葡萄にベリーだったか」

そう尋ねるとエメは首を縦に振る。シオンとしては大根や牛蒡が食べたいところではあった。しかし、ないもの強請りをしている場合ではない。あるものでなんとかしなければならないのだ。

「あー、じゃあまずは蕪とラディッシュは塩漬けと酢漬けにしよう」

エメはコクリと頷く。漬ければひと冬は持つはずだ。それから玉ねぎも酢漬けにする。葡萄はワインとビネガーにしてキャベツは外に放置しておくことにする。

キャベツに関してはある種の賭けだ。ただシオンがテレビで『雪の下キャベツ』を観たことがあったため、真似てみることにしたのだ。

バレラードも冬には積雪する。一二の月と一の月の二か月間が根雪の時期なのだ。

豆と麦はそのまま保存するとして問題はベリーだ。これをどう保存するべきか悩む。ドライフルーツにするべきだろうか。そして考えた結果、シオンはエメにこう告げた。

「オレとしては保存食を作るのは賛成だ。だが、研究で使っていい量はインとララの二人に確認を取ること。いいな？」

「わかった。ありがとう」

頭を下げてテトテトと立ち去っていく。シオンは手持ち無沙汰になったので愛馬であるナットの世話に精を出すことにした。シオンはナットをブラッシングしていく。

気持ちよくブラッシングをしていると、屋敷の中から声が聞こえてきた。インとララ、エメが言い争っているらしい。エメが大きな声を出すのは珍しいとシオンは思っていた。

そして声が段々と大きくなり、議論が白熱してくると一人の女性が屋敷から飛び出してきた。その人物はララである。目には薄っすらと涙を浮かべていた。

「シオンさま！　エメさんの暴走を止めてください！」

「落ち着け。一体何があったんだ」

シオンは困惑しながらもララを宥める。エメにはインとララの確認を取るように伝えてあるはずだ。

シオンは首を傾げながらララの言葉に耳を傾けた。

「収穫した野菜は必要分を除いて売却することが決まっているんです！　この野菜の売買で商店の誘致の可否が決まるんですよ！　なのにエメちゃんが研究のための野菜を寄越せって……。なんですか！　やっぱりシオンさまと寝たら優遇してもらえるんですか！」

「ちょ、何言ってるんだ！　変なことは言うな。落ち着け、な？　エメには無理のない範囲でと伝えてあるから！」

シオンはララの口を塞いで屋敷に戻る。そしてインとエメの二人と合流し、双方の意見を聞くことにした。ここで頭ごなしにエメを叱ったりはしない。

そして聞き取りを行った結果、エメがシオンの言葉を拡大解釈して作物を毟り取ろうとしていた。シオンはエメにギルティを突きつけ、ズボンとパンツを脱がす。彼女をお尻ペンペンの件に処することにしたのであった。

「さて。ちらりと聞いたんだが、商店を誘致できそうなのか？」

「そうなのです！　ララちゃんの伝手で商業連合のヘイズ商会と話が進んでます！」

インがニコニコ顔で応える。ララも鼻息荒く頷いていた。ヘイズ商会は商業連合でも大きな商会であり、会頭が商業連合の評議会員の一席を占めているという。

「そういえばララは商業連合の出身だったな」

「はい。ヘイズ商会とは取引があったので、その縁で今回の話に至りました」

「ララの家もヘイズ商会くらいだったのか？」

「いえいえ！　ヘイズ商会の半分の半分の半分の半分くらいの規模です。そんなに大きいわけないじゃないですか！」

ララが慌てて否定する。シオンは商業連合のそもそもの政治形態、統治方法を理解していなかったのである。これは良い機会だと思い、ララにその辺りの説明をお願いした。

私のわかる範囲ですがと前置きしてからララが説明する。商業連合には国王や皇帝は存在しない。その代わりに評議会が存在しているのだ。評議員は全員で十三人。全て合議で決められる。もちろん評議員の大多数を占めるのは商人である。残りは軍人や政治家などだ。選挙である。票田がそのままお客さま、従業員となるのである。

「なるほどな。貴族という概念はないのか。領地は誰がどうやって治めているんだ？」

「全て代官が治めています。彼らはあくまで代官であり、土地は国のものです。管理は中央の行政機関が管理・決定します」

シオンにとってこの政治体系は親しみやすいものではあったが、それ故にデメリットも理解していた。何よりもまずは決定までに時間がかかることが挙げられるだろう。

そして衆愚政治に陥りやすい。ただ、皇帝や国王などの君主制は君主その人が暴君や暗君だった場合、一気に情勢が不安定になるリスクがある。政治形態に最適解はないのだ。

「なるほどな。じゃあ、オレは商業連合に適していないな」

「いえ、そんなことはありません。このままだと他国から引き抜きされかねないため、行政機関内である程度の地位が確約されるんです。そういう方々は世襲代官と呼ばれたりもします」

中央の政治にはかかわることはできないが、領内では好き勝手に振る舞うことができる。そして中央に指定された税を納めていれば煩くは言われない。それが世襲代官である。

「勉強になった。ありがとう」

「いえいえ！　商業連合のことであればいつでも聞いてください！」

どうやらインは商業連合の商会を引き込もうとしているようだ。これに対しシオンは何も言わない。インの手腕に任せるのみである。とりあえず、彼が最重要で行わなければならないのは涙目のエメを慰めることである。

# 【東暦　一〇〇五年　一一の月　二五の日】

クリュエは浮かれながら帰路に就いていた。皇帝ロレンベルグ三世から跡継ぎとして認められたのだから。

既にその皇帝の勅使がラースル辺境伯のもとへ向かった。今頃、到着している頃だろう。

これで当主になれる。父も弟――だと思っているルリュエ――も皇帝に対して逆らおうとは思っていない。自分の将来が約束された。クリュエはそう思っていた。

一方のルリュエはというと勅使からの知らせを聞いて歯を軋ませる思いであった。今まで積み上げてきたものが鶴の一声で全て瓦解させられてしまったのである。業腹になるのも納得できる。

このままでは終われない。しかし、皇帝に勅を出されてしまってはルリュエも立つ瀬がない。彼の取れる手段は限られているのである。

まず、パッと思いつくのは暗殺だ。クリュエが死んでしまっては跡を継ぐことはできない。ばれないように殺せばいいのだ。もしくは、謀反を企てるか。しかし、それはリスクが大き過ぎる。

ルリュエを支持しているのはロレック子爵、ブオーノ男爵、ドレン男爵の三貴族だ。せこせこと彼らの信頼を積み重ねてきたのである。

オペチャム子爵の支持も得たかったが、なにやらクリュエと一緒に事業を行っているらしい。どちらに転ぶかはわからない。バレラード准男爵は……無理だろうとルリュエは諦めていた。

三貴族は異議申し立てをしてくれるだろうか。もし、してくれたとして覆すことができるだろうか。頭の中でぐるぐると色々なことを考えながら父であるデリクのもとを訪ねる。

「失礼します」

「ああ、ルリュエか。話は……聞いているようだな」

デリクはルリュエの顔を見て全てを察した。彼はどこからか跡継ぎ問題に帝室が口を出してきたことを耳にしたようであった。デリクは頭を抱える。

「如何なさるのですか？」

「受けざるを得んだろう」

「では、私はどうなるのです？」

「……帝都で官吏となるか、もしくは代官になるだろうな」

ルリュエにとっては許容し難い提案であった。片方は辺境伯となり、もう片方はしがない官吏か代官になるのだ。天国と地獄と言い換えても問題ないくらいである。

自分よりも無能なクリュエが辺境伯となり、自身は代官。この仕打ちに耐えられるほどクリュエは大人ではなかった。父親に噛み付くルリュエ。

「覆しましょう。跡継ぎは父上が指名するものです。皇帝陛下に指図されるものではありません！」

ルリュエの口調も熱を帯びる。しかし、ルリュエとは対照的にデリクは安堵していた。決めづらかったことを皇帝陛下が代わりに決めてくれたのだ。ルリュエの敵意は自身にではなく皇帝陛下へ向くと。

「いや、皇帝陛下がお決めになったことだ。跡継ぎはクリュエにすることとする」

ピシャリと言い切った。こう言われてしまってはルリュエとしてもデリクを説得することはできないだろう。となれば、他の案を採用するしかない。

暗殺か、謀反だ。ルリュエは覚悟を決め、笑顔で父に応える。

「そうですか、わかりました。皇帝陛下の決めたことですもんね。大人しく諦めます」

「ああ、わかってくれたか。お前にはすまないことをしたと思っている。爵位を貰えるよう、陛下にお願いしてみるつもりだ」

なれたとしても准男爵か男爵か。良くても子爵である。三つから四つは爵位が落ちることを覚悟しなければならない。笑顔ではあるが受け入れがたい現実であった。

よし、殺そう。クリュエを殺す。

ルリュエは覚悟を決めて父の前を辞した。ルリュエが反旗を翻すことが決定づけられた一日となったのであった。

そこからのルリュエは早かった。辺境伯領の領都で管を巻いているごろつきを多数雇うとクリュエを襲うよう指示を出す。それだけである。

もちろん、足が付かないよう、ルリュエの指示を受けた彼の臣下がさらに人を雇い、依頼をする。ルリュエがクリュエを殺したと露見した場合、クリュエが死んでも跡を継げない可能性があるからだ。それならばごろつきの強盗の仕業とするべきだと判断したのだ。

襲撃はクリュエが領都に向かう、その道中で行われた。情報はルリュエからすべて流れているのである。

彼も浮かれ、油断していた。まさかルリュエがこんなにも早く行動を起こすとは思っていなかったのである。シオンだったらばこうはならなかっただろう。

クリュエ陣営が五人なのに対し、ごろつきは三十人を超えている。多勢に無勢だ。クリュエ自身も死を覚悟した。しかし、彼は死ななかった。それは何故か。持っていた魔石のお陰である。

デュポワから予め手渡されていた魔石。その魔石の名は透明化の魔石である。この魔石を使うと自身を透明化することができるのだ。効果は魔石の大きさによる。

もちろん、透明化するのは自身のみなので服は脱がなければならない。そして魔石の大きさは三十分ほどの効果を発揮する大きさであった。

恥も外聞も、身に着けていたものも投げ捨てる。そして魔石だけを握りしめてお供とともに一目散に逃げだした。しかし、これで命が助かるのであれば儲けものだ。

お供の家臣は二人が馬車の馬に跨り逃げていった。他の三人は這う這うの体で逃げている。その中の一人が賢かった。クリュエの手持ちの金を撒きながら逃げたのだ。

ルリュエは父やクリュエに邪魔されるより前に手早く、そして跡が付かないようにするためにごろつきを雇ったが、目の前のお金に転ぶのもまたごろつきである。

これでクリュエは警戒することを覚えた。ルリュエとしては殺しにくくなるだろう。

クリュエが父に直談判しても無駄だ。そうなることを見越してごろつきを雇ったのだから。

ただ、急いだ結果、襲撃者の質が落ちて襲撃が失敗したのである。

ごろつきには対象を殺害した後にゆっくりと小銭を拾うという考えが抜けていたのだ。そして、ごろつきもできることなら人を殺したくはないのである。

全裸で逃げるクリュエ。家臣の補助もあり、必死の思いで領都まで落ち延びてきた。これは彼の甘さが招いた結果だ。しかし、領都まで辿り着いたら何もかもが逆転する。

「ルリュエ！　貴様、よくも！」

衣服を整え、落ち着きを取り戻したクリュエは再び冷静さを失いルリュエに飛び掛かろうとしていた。周囲の者が慌てて押し留める。

どうやらクリュエはルリュエが犯人だと確信しているようだ。いや、そう思いたいのだろう。屋敷の中が騒然とする。

「いきなりなんだ!?　誰か！　クリュエが錯乱したぞぉっ！」

笑いを噛み殺しながら叫ぶルリュエ。このままではクリュエが悪者だ。

ルリュエがけしかけたという証拠は残っていないのである。それを理解せずに短絡的に行動してしまったのだ。ルリュエの思うつぼである。

「何事だ！」

父であるデリクが介入する。そして双方の意見を聞き取った。今回の件に関してはクリュエが早計だったと言わざるを得ない。

本来ならばクリュエが力関係で優位に立てるはずなのに、劣勢に追い込まれてしまった。

「クリュエ、お前は跡継ぎとしての振る舞いに欠ける。部屋に籠もって反省していろ」

「……はい」

意気消沈のクリュエ。それとは対照的にルリュエは誰にも気づかれないよう、口角を上げていた。

もし、襲撃が失敗した後の二の矢としてこれを考えていたのであれば策士と言わざるを得ないだろう。

どうやら、跡継ぎ問題にはもう一波乱起きそうだった。

## 【東暦　一〇〇五年　一二の月　三の日】

帝国に本格的な冬が訪れた。クリュエが謹慎を言い渡されている間、ルリュエは積極的に動いていた。まず行ったのは周辺貴族の囲い込み、買収からである。

今回のクリュエの短絡さを伝える。彼が次期当主になれば、直ぐに癇癪を起こすに違いない。面倒なことになるぞと吹いて回るのである。

そもそも、周囲の貴族たちはクリュエよりもルリュエに好感を抱いていた。

今回の事件も相まって周辺貴族はルリュエを推す声が強くなり始めていた。デリクの跡継ぎ問題は諸侯の問題でもあるのだ。

そのルリュエがシオンのもとにもやってきた。先触れを用意しているが非公式の訪問である。シオンはカジュアルに対応することを決めた。

「突然の訪問、申し訳なく思います。バレラード閣下」

「お気になさらず。しかし、足元の悪い中、よくお越しくださった。さぞ大変だったでしょう」

既にバレラードも雪景色だ。雪が溶けるまでの二か月間、各家に籠もり寒さが過ぎるのを待つ。シオンも例に漏れず、室内での鍛錬と大好きなお風呂を繰り返す毎日だ。

ただ、彼の誤算はというと燃料がもったいないということでお風呂に入る際は一人ではなく、複数人で入る必要があるということだろう。

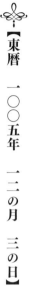

そして、この屋敷に住んでいるのはシオン以外女性である。それ以外言うことは何もない。言う必要がない。以上。

「閣下は回りくどいのがお嫌いでしたね。単刀直入に申し上げましょう。クリュエではなく、私の味方をしてもらいたい。既にロレック子爵、ブオーノ男爵、ドレン男爵が賛同してくれています。また、見返りはきちんと用意しましょう」

「ほう。それは私が満足するほどの見返りでしょうか？」

「大金貨十枚。これが閣下に対する精いっぱいだ」

日本円にして一千万円で転べと言っているのだ。シオンは笑いを漏らしてからルリュエにノーを突きつけた。彼が欲しいものは現金ではないのだ。

「もし、私が欲に負けたとしましょう。世間は私をどう見るだろうか？」

「欲に負けたのではありません。義憤に駆られ、立ち上がるのです！」

「だとしてもです。私はシュティ大公に大恩があります。彼らを裏切ることはできない」

シオンは演技がかった仕草でそう述べた。もちろん、これはインと打ち合わせた結果、こう振る舞うのが最適であると判断したためだ。さて、断った場合どうなるか。ルリュエはこう口を開いた。

「それは私たちの敵になると？」

「とんでもない！　私はあくまで皇帝陛下の命に従うまで。ルリュエ様の敵になるはずがありません！」

自分は皇帝の忠実な僕であり、その決定に従うと主張するシオン。

仮にもし、シオンの住まうバレラードが攻められ、落ちたとしても帝国はシオンを攻めることはないだろう。むしろ、忠義の臣として称賛するはずだ。

シオンはどちらに転んでも美味しいのである。味方をすればクリュエが皇帝の後押しを受け、息を吹き返した時が不味い。そのリスクを考えると安易にルリュエに味方はできない。

「そうか、それが貴公の答えか。やはり私と貴公は相容れないのだな」

「ええ、残念ですが」

シオンは終始にこやかに話を終えた。そして感じ取る。血生臭い戦の匂いを。雪解けが勝負だと思っていた。

ルリュエが帰った後、シオンは執務室に籠もり、そしてココにアレンたち十人ばかりを呼び付けさせた。

「お呼びですか?」

「この手紙をシュティ大公家に届けてくれ」

「承知しました」

アレンが言う。手紙にはルリュエが良からぬことを企てていること、そして多数の貴族が賛同していることを記載した。これでシオンが望んだ展開になりつつあるのだ。

「それからベルグリンデにも声を掛けないとな」

どうやら傭兵を借りるつもりのようだ。開戦までに百名は用意しておきたい。シオンはそう考えていたのであった。それでも周辺貴族に比べて兵数は少ないのだが。

ただ、彼はそれなりの場数を踏んだ傭兵。この程度の逆境には慣れている。彼は逆境になればなるほど燃えるのだ。そんな彼のもとを訪ねる一組の旅人。これが吉と出るか、凶と出るか。

「こんにちは。こちらにララさんはいらっしゃいますでしょうか？」

一組の男女がルリュエと入れ替わりにララを訪ねて屋敷にやってきた。シオンは既に引っ込んでベッドに横になっていた。少し不貞腐れている。

その傍らにはシオンを慰めるためなのかどうかわからないが、ココとエメが猫のように丸くなっている。

おそらくは彼女たちがそうしたいだけなのだろう。そのため、ジナが応対することになった。

「失礼ですが、どちら様でしょうか？」

「ああ、申し遅れました。私、ヘイズ商会のリズと申します。こちらはトニー」

そう言ってヘイズ商会の社章をジナに見せる。とりあえず二人を応接間に通し、ジナは執務室へと駆け込んだ。執務室にはララとインの二人が従事していた。

「あの、ララさん。ヘイズ商会と名乗る二人組がララさんを訪ねてやってきていますけど。片方は吊り目の女性で、もう片方は熊みたいな男性でした」

「あら、もう来たのですか。相変わらず早いですね。お会いするので少々お待ちを」

ララがパタパタと必要な資料を手に応接室へと駆け込んでいく。インも興味があったのか、ララの後を追った。一人取り残されたジナは肩をすくめる。

「お待たせいたしました。私がララです。こちらは同僚のインさんです」

ぺこりと頭を下げるイン。彼女は今回、極力黙っていようと思っていた。ララがどのような交渉を行うのか見てみたいと思ったからである。

「よろしくお願いします。時は金なりと申しますし、早速ですが商談と参りましょう。ララさんはヘンリー商会に居たのですよね？」

「はい。その節はお世話になりました」

「なら、私どもとお付き合いがあったのですね。詳細な説明は省かせていただいても？」

「問題ありません」

「ありがとうございます。まず、私どもに出店を願いたいということでお間違いないですか？」

「はい。その通りです」

それから深い話をしていく。出店するにあたっての費用や税、出店場所などの詳細を詰めていく。どうやら前向きな返事が貰えそうだとララは内心浮かれていた。しかし、そこは商人。そんな素振りは一切見せない。

「わかりました。一度、持ち帰らせていただきます」

「よろしくお願い申し上げます」

主に口を開いていたのはララとリズである。インとトニーは二人のやり取りを眺めているだけであった。そのリズが最後にこう告げる。

「そうそう、こちらがララさんに頼まれていたものになります」

そう言ったリズはトニーの脇を突いた。トニーは慌てて背負っていたカバンの中を探る。彼がその中から取り出したのは小さな木箱であった。

「こちら、ご要望の魔石でございます」

なんとララは魔石をお願いしていたのだ。それも二つも。これにはインも驚愕していた。だが、彼女の名誉のために伝えておくと、きちんとシオンの許諾を得て魔石を購入している。

ただ、どうやってシオンの許諾を引き出したかは秘密だ。

その魔石というのは一つ目は硬化の魔石であった。硬化の魔石を欲した理由はただ一つ。シオンが使い慣れている日本刀を安心して振り回すためである。

今のままでは連続で斬れて二人がよいところだろう。刃こぼれしてしまう恐れがある。

しかし、日本刀に硬化の魔石を付与すれば安心して刀を抜けるのだ。シオンも日本刀の扱いは下手ではないが、戦いの最中で太刀筋がずれる可能性がある。それを気にしなくて済むようになるのだ。

そして二つ目は収納の魔石である。これは既にシオンも所持しているのだが、持ち運びたい荷物の量が増えたため、更に買い増すことにしたのだ。

合わせて大金貨二枚の大買い物である。だというのにたった二人で運んできたヘイズ商会。仰々しく守るよりも、逆に二人のほうが安全だと思ったのだろう。

なぜ、彼らは収納の魔石を買い足す判断をしたのか。それはシオンとララしか知らない。そのことにインは言葉で形容しがたい腹の底に渦巻く何かを感じ取っていたのであった。

# 第九章

## 【東暦　一〇〇六年　一の月　二七の日】

その日は突然やってきた。年も明け、雪も溶け始めた一月の終わりに北から大軍が南進してきたのである。何が起きたのか。シオンはまったく理解できずにいた。

一番最初に気が付いたのはバレラードの地を拠点としている傭兵——ベルグリンデの手下の一人——であった。その男が慌てて本拠地に飛び込んできたのである。シオンに報告しに来たのはコラリーであった。

「数は？」

「二万は居たって話だよ」

二万。対してシオンは増員したとて五十が関の山である。傭兵団を入れても百でしかない。二百倍の相手に勝てるわけがない。ここは降参か撤退かの二つに一つだ。

「距離は？」

「国境付近で野営中さね。まだ、国境は越えてないところをみると何かを待ってる気がしないでもないけど」

「まあ、攻め込んでくるつもりだろうな」

しかし、何故。シオンの心の中に疑問が生じる。それを氷解させたのはインであった。彼女曰く、ルリュエが王国に寝返ったのではと。そう聞いて得心するシオン。

「確かに。帝国の旗も王国軍の中に紛れていた気がします」

傭兵の一人が言う。インの推測は十中八九、当たっているのだろう。問題は何故ルリュエが寝返ったのかということだ。

ルリュエが跡継ぎになれる可能性は低い。それならば王国に寝返り、爵位を安堵してもらうほうがマシだと考えたのだろう。筋の通った考えである。ただ、今になって理由を考えても詮の無いことではあった。

「シオンさん、どうします？」

「そうだな……。勝ち目はないから逃げるしかないだろう。インとララはエメと協力して必要な荷物を全てまとめろ。貴重品を中心に収納の魔法に収めていけ」

「「はい！」」

「アンとココは馬車の用意を。ジナとサラはアレン達に事情を伝えて準備を急がせろ」

「わかりました」

「かしこまりました」

一通りの指示を出す。いくら領主となっても大軍で攻め込まれたら勝ち目はない。対抗するには大軍を率いらなければならないのだが、しかし、今のシオンにはその力がなかった。

なんとも歯がゆい。個の武であれば負けない自負はあるのに、それが雀の涙ほども役に立たないのだ。領主としての無力さに、自分に対して腹が立っていた。

「そして準備が整い次第、帝都のシュティ大公の屋敷に駆け込め。そこで合流しよう。悪いが護衛を頼めるか？」

「もちろんさ。いただくものを貰えさえすれば相応の働きはするよ」

右手の人差し指と親指でわっかを作るコラリー。つまり、金を寄越せという答えである。

「今度は遠回りでも安全な道を頼むぞ」

シオンはコラリーにインたちの護衛を依頼する。新兵とはいえ、四十人が護衛に付くのだ。そう大きな間違いは起きないだろう。更にアレンたちの中から有志である十人も付けた。彼らは生死をシオンとともにするだろう。

残りの兵は現地で。このバレラードの地で解散だ。やむを得ない。もともとはこの領の人間なのだ。連れまわすのは筋違いというものだろう。

ただ、無駄な抵抗はしないよう、しっかりと言い含めるシオン。

「イン、一時的にお前に全権を委任する。無事に皆をシュティ大公家に連れていってくれ」

「シオンさんはどうするんですか？」

「オレは少しだけ残る。流石に尻尾を巻いて逃げ帰るのは性に合わないんでね」

「え、でも――」

「大丈夫だ。必ずシュティ大公の屋敷で落ち合おう」

そう言ってシオンはインに準備を急がせると、彼自身はどうやって立ち回るかを必死で考えた。抵抗はするだけ無駄だ。では、何をしなければならないのか。

まずは領民の安全保障である。これは領主として当然の願いだろう。それから自身の身の安全。この二つさえ叶えばシオンとしては願ったり叶ったりである。そして頭を捻らせた。

「男は度胸とも言うしな。はったり勝負と行こうじゃないか」

シオンは貴族服に着替えると、王国軍を迎え撃つ準備を整えるのであった。

《了》

# あとがき

拙作を手に取っていただき、誠にありがとうございます。尾羽内鴉です。

まさか本作品が書籍化できるとは夢にも思っていませんでした。

本作品はぼーっとアニメ映画を観ていてぱっと閃きました。まさか、そこから書籍化まで進めるとは思っていませんでした。

自分だったらこの導入からどう展開するかな。そう思って執筆を始めたのを今でも鮮明に覚えています。

お声をかけていただいた一二三書房の編集者の皆様、そして二人三脚で歩んでくださったM氏、イラストを手掛けてくださった、げんやき先生には感謝しております。この場をお借りしてお礼を申し上げます。ありがとうございます。

イン、エメ、ココの三人娘がとても可愛くて嬉しい限りです。この三人のやり取りを考えるのはとても楽しかったです。まだまだ活躍させたいなぁ。

そして、ロメリア。彼女はどうなってしまうのでしょうか。私の中では明確なイメージがあります。それを丁寧に描きたい。そう思っています。

色々と壁にぶつかっている時の作品なので、今見返しても自分らしくは無いなと思う箇所はあります。でも、これが殻を破るということなのかなと思いました。

売れる作品、受け入れてもらえる作品、描きたい作品。どれかが立てばどちらかが立たず。全てを満たせる作品を執筆できるのはいつになることやら。

色々な方から刺激を受けて、流行を研究し、切磋琢磨を続けていきたいと思っています。

孔子はこう言ってました。子曰く、三十にして立つと。きちんと自立できているかと自分に問いかける毎日です。

誘惑の多い現代社会。四十の領域である不惑の境地にはまだまだ辿り着けそうもありません。続巻は出したいですし、綴りたい作品が多過ぎるのも困りものですね。

この作品が二巻目、三巻目と続けられるよう、頑張って執筆したいと思っています。これからも応援をしていただけると幸いです。

そのためには読者の皆様のご協力が必要となっています。もし、面白いと思ってくださったらファンレターなどを送っていただけると励みになります。

自分は天才じゃないですし、メンタルもそれほど強い方ではないので、皆様のお声が何よりも励みになるのです。お待ちしております。ソーシャルメディアでも気軽にお声掛けください。

読んでいて、格好良いなと思ってもらえる主人公を目指して執筆を続けて参ります。悩み、苦悩するかもしれませんが、格好良さだけはブレさせたくないと思っています。これからもご期待ください。

シオンとカラスの歩む先に幸多からんことを願って。

尾羽内鴉

# 餓える紫狼の征服譚 1
## ～ただの傭兵に過ぎない青年が持ち前の武力ひとつで成り上がって大陸に覇を唱えるに至るまでのお話～

発 行
2024年6月14日　初版発行

著 者
尾羽内鴉

発行人
山崎 篤

発行・発売
株式会社一二三書房
〒101-0003　東京都千代田区一ツ橋 2-4-3 光文恒産ビル
03-3265-1881

編集協力
株式会社パルプライド

印 刷
中央精版印刷株式会社

作品の感想、ファンレターをお待ちしております。

〒101-0003　東京都千代田区一ツ橋 2-4-3 光文恒産ビル
株式会社一二三書房
尾羽内鴉 先生／Genyaky 先生



Printed in Japan, ISBN 978-4-8242-0193-5 C0093
※本書は小説投稿サイト「小説家になろう」（https://syosetu.com/）に
掲載された作品を加筆修正し書籍化したものです。